मेरी भव बाधा हरो

मेरी भव बाधा हरो

मेरी भव बाधा हरो

कवि बिहारीलाल के जीवन पर आधारित रोचक उपन्यास

रांगेय राघव

ISBN : 9788170285243

संस्करण : 2016 © सुलोचना रांगेय राघव

MERI BHAVA BADHA HARO (Novel) by Rangey Raghav

राजपाल एण्ड सन्ज़

1590, मदरसा रोड, कश्मीरी गेट-दिल्ली-110006

फोनः 011-23869812, 23865483, फैक्सः 011-23867791

e-mail : sales@rajpalpublishing.com

www.rajpalpublishing.com

www.facebook.com/rajpalandsons

भूमिका

मेरी भव बाधा हरो, राधा नागर सोय,
जा तन की झाँई परे, स्याम हरित घुति होय ।

इस सुप्रसिद्ध दोहे के लेखक महाकवि बिहारी केवल एक रचना 'बिहारी सतसई' के आधार पर हिन्दी साहित्य में सदा के लिए अमर हो गये। सतसई में मात्र सात सौ दोहे हैं, जो बहुत बड़ी संख्या नहीं है, और इनमें से अनेक आज की साहित्य की दुनिया में लोकप्रिय हैं। इससे कवि की अपार महत्ता का पता चलता है।

कविवर बिहारीलाल मुख्यतः शृंगार के कवि के रूप में विख्यात हैं। उनका समय मुगल बादशाह जहांगीर तथा विशेष रूप से उनके बाद हुए शाहजहाँ का राज्यकाल है जिनके साथ वे जुड़े भी रहे। गद्दी पर बैठने से पहले शाहजहाँ के साथ उनका अच्छा संबंध रहा जो उनके बादशाह बनने पर स्वाभाविक रूप से कम हो गया।

हिन्दी के कवियों में केशवदास उनसे पूर्व हुए कवि थे और अब्दुर्रहीम खानखाना, प्रसिद्ध संस्कृत कवि पंडितराज जगन्नाथ, दूलह, सुन्दर आदि समकालीन थे। बिहारीलाल को राजदरबार में प्रवेश प्राप्त हो गया था और उनकी आर्थिक तथा सामाजिक स्थिति बहुत अच्छी हो गई थी। लेकिन मुगल दरबार की हलचलों और शाहजादों की आपसी लड़ाइयों के कारण उन्हें शाहजहाँ का आश्रय छोड़कर जयपुर के राजा की शरण में जाना पड़ा था। जोधपुर के महाराज जसवन्त सिंह भी उनसे बहुत प्रसन्न थे और उन्हें नियमित रूप से वृत्ति प्रदान करते थे।

प्राचीन कवियों के जीवन पर उपन्यास लिखना कठिन काम है क्योंकि उनके संबंध में अधिक सामग्री नहीं मिलती और उपलब्ध थोड़ी-बहुत जानकारी के आधार पर काफी कुछ कल्पना का सहारा लेकर ही काम चलाना पड़ता है। लेखक रांगेय

राघव स्वयं इतिहास के अच्छे विद्वान रहे हैं और उन्होंने बड़ी योग्यतापूर्वक कविवर बिहारीलाल को तत्कालीन ऐतिहासिक घटनाओं के बीच प्रस्तुत करने का प्रयत्न किया है। उस समय के राजा-महाराजा और मुगल बादशाह विद्वानों तथा कवियों का विशेष स्वागत करते थे और उन्हें सम्मान तथा संपत्ति इत्यादि देकर समाज में प्रतिष्ठित नागरिक बना देने की भूमिका निभाते थे। बिहारी को भी यह सब प्रचुर मात्रा में प्राप्त हुआ हो तो कोई आश्चर्य की बात नहीं—और इनके बहुत से संकेत उनके कवित्व में ही प्राप्त होते हैं। उदाहरण के रूप में, उनका यह दोहा—

नहिं पराग नहिं मधुर मधु, नहिं विकास यहि काल

अली कली ही स्यों बँध्यो, आगे कौन हवाल।

उपन्यासकार ने इस तथा कवि के अन्य अनेक दोहों को उनके साथ घटी अनेक घटनाओं के साथ जोड़ने का सफल प्रयत्न किया है। जैसे, उपर्युक्त दोहा उन्होंने आमेर के राजा को सुन्दरियों के साथ विलास करना छोड़कर राजकाज में ध्यान दिलाने के लिए प्रयुक्त किया है। इन विवरणों में उस समय की राजनीतिक स्थिति तो आती ही है जो हर दिन बदलती रहती थी। ये सब विवरण भी बहुत आकर्षक और प्रभावशाली बन पड़े हैं।

ऐतिहासिक व्यक्तियों पर उपन्यास लिखना कठिन काम भले ही हो, यह एक बहुत आवश्यक कार्य भी है। कारण, पाठक की रुचि सपाट ढंग से लिखी जीवनियों में उतनी नहीं हो सकती, जितनी उसे कथा रूप में पढ़ने में हो सकती है। अंग्रेजी में इस प्रकार के प्रयोग बहुत हुए हैं परंतु हिन्दी में कम हुए हैं। रांगेय राघव सम्भवतः ऐसे व्यक्तियों पर उपन्यास लिखने वाले प्रथम लेखक थे, जिनकी ओर लेखकों का ध्यान प्रायः कम ही जाता है। उन्होंने इस उपन्यास में बहुत कम पृष्ठों में कविवर बिहारी और उस समय के समाज, जीवन और राजनीति की बहुत रोचक तस्वीर खींच दी है।

एक

नीले आकाश में पक्षी दल के दल लौट चले। मटमैली छाया पहले छितराए बादलों में कसमसाती रही, फिर बैलों के गलों में लटकी घंटियों की गूंजती आवाज में मिलकर, उड़ती हुई धूल पर लोटने लगी।

"होशियार!" भर्राए गले से कोई चिल्लाया।

लड़बंदों की हुंकार सुनाई दी।

"कौन है? कौन है? किसी ने कहा।

पेड़ों के पीछे सूरज डूब गया। अंधेरा छाने लगा। पक्षियों का कलरव अब बढ़ चला। हवा में एक सीरी-सी सिहरन व्यापने लगी।

वृद्ध हरलाल ने बहली के पास जाकर कहा, "क्यों, क्या बात है मालिक?"

बूढ़े के बाल सन-से सफेद थे।

पर्दा हटा और केशवराय ने झांककर कहा, "पीछे कैसा शोर हो रहा है?"

हरलाल ने कहा, "वही तो मैं कहूं कि बुन्देलखंड में भी जो अमन-चैन न होगा तो कहां होगा।"

"ग्वालियर के पीछे का जंगल भी हमारा कुछ न बिगाड़ सका।"

नानिगराम ने लंबी सांस ली। ग्वालियर! उसने सोचा। क्या वह फिर अपनी जन्मभूमि में जा सकेगा? मालिक ग्वालियर छोड़ आए तो वह भी आ गया।

"अभी कितनी दूरी है?" केशवराय ने धीरे से पूछा। फिर देखा। दूर तक पथ चला गया था। सूनी सांझ घिरती-घिरती रात बनती जा रही थी।

रथ आगे आ रहा था। पर्दा उठा और पीछे से एक लड़की ने झांका। वह सुन्दर थी। उसको झांकते देख एक किशोर अपना घोड़ा बढ़ा लाया। लड़की बोली, "भैया!"

पर्दे के पीछे से ऊंघता हुआ एक आठ वर्ष का गोरा-सा बालक चौंक उठा।

किशोर ने घोड़े पर बैठे-बैठे ही रथ के साथ चलते हुए कहा, ''बिहारी क्या सो रहा है?''

''नहीं!'' लड़की ने कहा।

मां मुस्कराई। उसने स्नेह से उस कोमल बालक की पीठ पर हाथ फेरा। वह महीन अंगरखा पहने था, जिस पर ज़री का काम था। पांवों में चूड़ीदार पायजामा था। हाथों में सोने के कड़े थे। गले में सोने का कंठा।

''तो फिर क्या हो रहा है भीतर?'' भैया ने छेड़ा।

''आया भैया!'' बिहारी उठ खड़ा हुआ।

''अभी कहां जाता है भैया?'' बहन ने टोका।

बिहारी बाहर कूद आया।

हरलाल ने खेमा वहीं बाहर डाल दिया।

तंबू तन गया।

नौकर काम-काज में लगे। बैलों को खोल दिया गया। वे अब खाने में लग गए। वन के चूल्हों पर रोटियां सिकने लगीं। केशवराय ने दोनों पुत्रों को बुलवाया और फिर तीनों ने स्नान किया। फिर केशवराय संध्या-वंदन करने लगे। दोनों लड़कों से भी मंत्रोच्चारण करवाया और तब उन्हें विदा करके पत्नी के निकट गए। लड़की बैठी थी। स्नेह से उसके सिर पर हाथ रखा और कहा, ''सुनती हो! ओरछा आ रहा है।''

पत्नी ने कौतूहल से उनकी ओर देखा।

बोली नहीं।

ग्वालियर याद आ गया था। किस कारण वे चले आए थे! क्योंकि कुल-परम्परा का गौरव साधने की अर्थशक्ति वहां बच नहीं रही थी। केशवराय विद्वान थे।

ओरछे के शासक थे महाराज रामशाह। काल ने उन्हें जर्जर कर दिया था। वे इस अवस्था में राज्यकार्य के भार को उठाने में असमर्थ हो गए थे। उन्होंने बहुत कुछ देखा था। परमात्मा ने सब कुछ दिया, किन्तु पुत्र नहीं दिया। उन्होंने भी लोभ को लगाम कसकर रोक दिया। इस समय वे केवल भजन-पूजन में मन लगाते थे। राजकाज का समस्त भार उठाए थे इन्द्रजितसिंह, जिन्हें प्रायः इन्द्रजीतसिंह कहा जाता था। वे एक महान् योद्धा थे। काव्य और कलाओं के पारखी थे, प्रेमी थे। उन्हें विद्वानों का आदर करने का बड़ा भारी व्यसन था। अब उनके यहां केशवराय को कुछ सहायता प्राप्त करने की आशा थी।

जब वे भोजन कर चुके तब उन्होंने दोनों पुत्रों को पास बुलाया और कहा, ''ओरछा आ गया। आदमी सब कुछ जानता है, किन्तु सब कुछ दैव के हाथ होता है।''

''क्या कहते हैं?'' पत्नी ने कहा, ''अभी ये बच्चे हैं। क्या समझेंगे।''

''जानता हूं,'' केशवराय ने फिर कहा, ''मुझे इन्हीं से कहना है। ये मेरे उत्तराधिकारी हैं। हमारे कुल में कभी कोई मूर्ख उत्पन्न नहीं हुआ। मैं स्वयं ज्योतिष जानता हूं और इन पुत्रों को भी सिखाता हूं। तुम नहीं समझोगी कि बिहारी वंशभास्कर प्रमाणित होगा। लक्ष्मी और सरस्वती दोनों हाथ बांधकर इसके सामने खड़ी होंगी।''

''बड़ा बेटा तनिक ईर्ष्या से देखता रहा।

''हां, हां यह भी पीछे नहीं रहेगा।'' केशवराय ने परिस्थिति को संभालते हुए कहा।

बड़ा भी मुस्करा दिया।

केशवराय के मुख पर उदासी दिखाई दी। उन्होंने फिर कहा, ''मनुष्य का भाग्य बड़ा विचित्र होता है। देख रही हो न? शाहंशाह अकबर एक रेगिस्तान में पैदा हुआ था और आज उसके प्रताप का सूर्य कहीं डूबता नहीं दीखता।''

नानिगराम ने आकर प्रणाम किया और कहा, ''जंगल में एक सिद्ध महाराज ठहरे हैं।''

''कौन पंथी हैं?'' केशवराय ने पूछा।

''नाथ जोगी हैं।''

केशवराय ने सुना और अनसुना कर दिया किन्तु पत्नी के लिए जैसे यह भेद-भेद नहीं था। बोली, ''कुछ सेवा करो नानिगराम।''

''कर आया हूं बहू जी। और जो हुकम होगा सो हो जाएगा। आगरे जा रहे हैं।''

केशवराय बोले, ''आगरा तो नाथ जोगियों का बड़ा मठ नहीं।''

''नहीं,'' नानिगराम ने कहा, ''मैंने पूछा था। बताते थे कि गोकुलपुर से कन्धारी के बीच के जंगल में, मुजफ्फरखां लोदी के जंगल में, उनका काल भैरों का मन्दिर है। पर वे तो और ही काम से वहां जा रहे हैं।''

''वह क्या काम है?''

''वे जहांपनाह से मिलने जा रहे हैं।''

''क्यों?''

''मैंने ग्वालियर में भी सुना था।''

''क्या?''

''बादशाह को बुढ़ापे से डर लगने लगा है। मरना नहीं चाहते। पहले फकीरों-पण्डितों को आजमा लिया, अब उमर बढ़ाने को जोगियों के तंत्र-मंत्र काम में लाने लगे हैं।''

केशवराय ने सुना और धरती को देखते हुए कहा, ''मनुष्य का जीवन बहुत अल्प होता है। उसका स्वार्थ और लोभ बहुत बड़ा होता है।''

एक अजीब-सी चमक उनके नयनों में दिखाई दी।

बालक बिहारी ने देखा। वह समझा नहीं।

मां ने कहा, ''बेटा, दूध पी ले।''

गिलास लेकर बिहारी ने फूंक-फूंककर पीते हुए देखा, पिता के मुख पर एक अजीब-सी चिंता थी।

पिता ने एक बार बाहर देखा और कहा, ''ब्रज के रखवारे! तेरी माया है। नचा ले! कितना नचाता है।''

बाहर अब बैल बैठे जुगाली कर रहे थे और उनके हिलने से कभी-कभी उनके गले में बंधी घंटिया हिल उठती थीं। एक प्यादा गा रहा था—

प्रभु! मेरे अवगुन चित न धरो।

स्वर की मिठास और वेदना में केशवराय को कुछ सुख मिला। उन्होंने देखा, बिहारी दूध पी नहीं रहा था, उस गीत को तल्लीन होकर सुन रहा था।

2

केशवदास गुणाढ्य सनाढ्य जाति के थे। वे इस समय वृद्ध हो चुके थे। वे भक्त भी थे और रसिक भी। उनकी कुल-परम्परा में सब लोग संस्कृत के प्रकाण्ड पण्डित होते आए थे। उस समय वे अपनी प्रसिद्ध कृति 'रामचन्द्रिका' की एक नई प्रतिलिपि को सामने चौकी पर रखे बैठे थे।

पिता केशवराय सामने बैठे थे। पास में बैठा था बालक बिहारी।

''यह मेरा छोटा पुत्र है!'' पिता ने कहा।

वृद्ध ने स्नेह से देखा। वे जितने विद्वान् थे, उतने ही सरल भी थे।

"मैं इसे काव्यादि सुनाया करता हूं।" पिता ने कहा।

वृद्ध ने फिर सहृदयता से सिर हिलाया। उनकी आंखें गहरी थीं। गलमुच्छ भी सफेद थीं। मूंछें भी। सिर के लम्बे बाल इस समय कंधे पर सफेद-से पड़े थे। वे पगड़ी नहीं पहने थे।

उन्होंने सिर पर हाथ फेरा। बिहारी मुस्करा दिया।

वृद्ध ने उसकी मुस्कान देख ली। बोले, "केशवराय जी! बालक मेरे केशों को देखकर मुस्करा रहा है!" और स्वयं मुस्कराए। बिहारी की ओर पिता ने घूरकर देखा। बिहारी अप्रतिभ हो गया।

केशवदास जी बोले, "केशवराय जी! इन केशों में तो, मैं क्या कहूं...!' वे मुस्कराकर कुछ ध्यानमग्न हो गए।

केशवराय उनकी नजर बचाकर मुस्कराए, फिर बोले, "मैं सुन चुका हूं।"

केशवदास ने सिर उठाया मानो कुछ सुनना चाहते थे।

केशवराय जी ने कहा—

केसव केसन असकरी जस अरिहूं न कराहिं!

चंद्रबदन मृगलोचनी बाबा कहि कहि जाहिं!

केशवदास मुक्त कंठ से हंसे और बोले, "लोगों ने मेरे केशों को सफेद होते देखकर बार-बार मुझसे पूछा। मैं क्या करता। मैंने भी उनका मनोरंजन करने को यह कह दिया। वैसे मुझे चन्द्रवदनी से क्या करना है!"

"मैं समझ गया था!" पिता ने कहा।

बिहारी ने आश्चर्य से देखा। केशवदास के मुख पर गौरव था, एक प्रभाव डालने की शक्ति थी। पिता से उसने सुना था, 'केशवदास बहुत बड़े कवि हैं। बहुत बड़े आदमी हैं। उनके घर के तोते संस्कृत बोलते हैं। रामचन्द्रिका में उनका अगाध पाण्डित्य है। चंद्र के बाद केशव ही कवि हुआ है। गंग अवश्य थे, परन्तु केशव केशव है। यों सूर और तुलसी भी हुए हैं, परन्तु केशव में संस्कृत के महाकवियों का-सा गौरव है। वह तो युग बदल गया। लोग अब संस्कृत समझते नहीं। अन्यथा ब्राह्मण भाषा में लिखते ही क्यों? अरे, वे बड़े चतुर हैं। वीरसिंह जब अबुलफजल के विरुद्ध पकड़े गए थे तब अकबरी दरबार में जाकर उन्हें क्षमा दिलाना इन्हीं का काम था। कोई साधारण बात नहीं थी।'

केशवदास ने रामचंद्रिका उठा ली और कहा, "यह मैंने आपके लिए मंगाई है लेखक से अभी।"

पिता ने माथे से लगाई।

केशवदास की आंखें चमक उठीं। बोलें, ''तो केशवराय जी ओरछा न छोड़िए। मैं महाराज से कहूंगा। द्विजों का यहां मान है। साधना करिए। 'चंद्रिका' का अध्ययन करके मुझे बताएं।''

''मैं क्या बता सकता हूं, महाकवि!'' केशवराय ने कहा, ''यह तो महासमुद्र है। इसके मोती एक से एक बड़े अमूल्य हैं।''

''हां,'' कवि ने कहा, ''आप ऐसा कहते हैं। सुना है काशी के लोग क्या कहते हैं?''

केशवराय ने ऐसे देखा जैसे नहीं जानते थे।

''कहते हैं, काव्य तो तुलसी ने लिखा है। रामचंद्रिका में केवल छंदों का चमत्कार है। एक बात पूछता हूं।''

वे कुछ झुके और कहा, ''तुलसीदास भक्त हैं गोसाई। क्या वे सचमुच कवि हैं? उनमें वाणी का वह सौष्ठव कहां?'' फिर रुककर कहा, ''चलो ठीक है। आप विश्राम करें।''

केशवराय प्रणाम करके उठे तो स्वयं केशवदास उन्हें पहुंचाने उठ खड़े हुए।
''आप बैठिए...''

''कोई बात नहीं।'' केशवदास ने कहा, ''बालक का क्या नाम रखा है?''
''इसका? बिहारीलाल।''

''विद्यारम्भ करा दिया है न?''

''लघुकौमदी और अमरकोष समाप्त कर चुका है। पाणिनी के सूत्र भी।''

''तब तो भूमि तैयार हो चुकी है। अब काव्य आरम्भ करें।''

''पांच वर्ष का था तभी से लगा दिया। बड़ा तो इतना कुशाग्र नहीं निकला।''
बिहारी के मुख पर गर्व की आभा झलक आई।

वृद्ध महाकवि ने कहा, ''बिहारी!''

पिता ने कहा, ''कह, गुरुदेव।''

बिहारी सहसा ही अचकचा गया।

''मैं इसे आप जैसे महापुरुष की शरण में ही छोड़ना चाहता हूं। आज्ञा दें।''

''तुम्हारा पुत्र मेरा पुत्र है।'' वृद्ध महाकवि ने कहा।

पिता के मुख पर एक विभोर आनन्द-सा खेल गया। वे इस आकस्मिक हर्ष के लिए जैसे तत्पर नहीं थे।

विशाल भवन की सीढ़ियों से उतरते समय पिता ने एक बार मुड़कर पीछे देखा और फिर धीरे से कहा, "मुरारी! मेरा भार हल्का कर। महाकवि केशवदास!" फिर कहा, "बिहारी!"

"हां! दादा!"

"पुत्र! वह भविष्यवाणी सफल होकर ही रहेगी। सचमुच तेरा भाग्य मुझे अच्छा प्रतीत होता है। महाकवि केशव का वरद तुझे न जाने कितना ज्ञान देगा।"

जब वे घर पहुंचे तब मां स्नान करके बैठी थी। देखते ही बोली, "आ गया बेटा! कहां हो आया?"

"मैं! महाकवि केशवदास का शिष्य बन आया हूं मां!" बिहारी का गर्व से भरा स्वर गूंज उठा।

3

प्रवीणराय का सौन्दर्य अभी भी कम नहीं हुआ था। वह अब लगभग 35 वर्ष की थी। केशवदास की यह वेश्या उनके संपर्क में आकर स्वयं काव्य-रचना करने लगी थी। वह बहुमूल्य वस्त्र पहनती और उसकी ग्रीवा में अत्यन्त मूल्यवान मोती के हार झूला करते। कभी-कभी वह मुगल ढंग की पगड़ी भी पहनती, जिसका रिवाज ऊंचे घराने के मुगलों के अतिरिक्त हटता जा रहा था। उसकी त्वचा मक्खन-सी श्वेत और स्निग्ध थी। वह बड़े ही मधुर स्वर में गाती थी।

बिहारी को देखा तो कहा, "बड़ा सुन्दर बालक है। किसका बेटा है?"

बांदी ने कहा, "ग्वालियर से माथुर चतुर्वेदी केशरराय आकर ओरछा में बसे हैं न?"

"हां, हां," प्रवीणराय ने कहा, "मैं उनके बारे में सुन चुकी हूं। कविराय भी उनके बारे में कहते थे। बड़ा सुन्दर बालक पाया है।"

बांदी ने कहा, "हां, मालकिन! बड़े घरानों के तो सभी बच्चे पहन-ओढ़कर अच्छे लगते हैं। आगे चलकर भी सभी एक-से ही दीखते हैं—मूंछों, गौंछों में।"

प्रवीणराय हंसी और कहा, "चल हट!"

फिर तम्बूरा उठाकर छेड़ते हुए कहा, "आओ बेटा! तो तुम्हीं हमारे गुरुभाईहो!"

यह कहते हुए एक विचित्र हास्य से उसकी आंखें चमक उठीं और उसने बिहारी को सामने पड़े मखमली गद्दे पर बिछाकर कहा, ''सुनोगे?'' यह गीत तुम्हारे गुरु को बहुत ही पसन्द है।''

बिहारी ने बड़ी-बड़ी आंखें उठा दीं और उसकी ओर उत्सुकता से देखा।

प्रवीणराय की उंगलियां चलने लगीं। तार मानो सजीव होने लगे। बिहारी सुनता रहा। सचमुच प्रवीणराय का कण्ठ अत्यन्त मोहक था।

महाकवि केशव की इस वेश्या को देखकर बड़े-बड़े राजा-महाराजा केशव से जल उठते थे। ऐसा था इस वृद्ध का भाग्य! यह स्त्री मानो कला की प्रतिमूर्ति थी। कहा जाता था कि जब इसने अकबरी दरबार में नृत्य किया था तब शाहंशाह अकबर भी अपलक निहारते रह गए थे। किन्तु वह कविप्रिया थी, अतः उसका सर्वत्र अखण्ड सम्मान था। वह वैभव में पलती थी, केशवदास की नजरों में दौलत थी तो प्रवीणराय के चरणों में वे नयन बिछे रहते थे।

गीत अपनी झंकृतियों के साथ चिलमनों में टकराया और फिर मोटे-मोटे कालीनों पर बिछ गया, फिर रेशमी पर्दों में तनिक झूलता रहा, और बिहारी के मन में उतर गया।

थककर उसने तम्बूरा रख दिया और बिहारी का हाथ पकड़कर कहा, ''शर्बत पियोगे?''

बिहारी मना नहीं कर सका।

प्रवीणराय ने ताली बजाई। ब्राह्मण शर्बत ले आया जिसे पीकर बिहारी ने कहा, ''मुझे गाना सिखाएंगी आप?''

''जरूर सिखाऊंगी। मुझे न जाने क्यों लगता है, न जानती, क्यों लगता है कि बिहारी! एक दिन तू बड़ा आदमी हो जाएगा। तेरे गुरु के साथ तुझे भी लोग याद करेंगे।''

जब वे उठकर उपवन में गए महाकवि संगमरमर के आसन पर बैठे कुछ पढ़ रहे थे। एक सेवक पीछे खड़ा बड़े ताल पंखे से हवा कर रहा था। मीठे स्वर से पक्षी कलरव कर रहे थे।

महाकवि के बाग में तरह-तरह के पेड़ थे। उन्होंने एक आयुर्वेदाचार्य को पेड़ चुनकर लगवाने का आदेश दिया था। इसी के फलस्वरूप वे वन और उपवन का भेद भूल चुके थे।

दोनों ने प्रणाम किया। देखकर मुस्कराए। प्रवीणराय सामने की चौकी पर

बैठ गई और उसने बंकिम दृष्टि से देखकर कहा, ''कविराइ! बिहारी को आप काव्य का रस पिला रहे हैं, मैं इसे संगीत की शिक्षा दूंगी।''

कवि ने देखा और कहा, ''प्रवीण! पता है इस काव्य-संगीत से क्या लाभ होगा?''

उनकी चिंतित भ्रू ऊपर उठ गई। प्रवीणराय चौंक उठी। उसके कानों में हीरे चमक उठे, क्योंकि वह झुक गई और उन पर प्रकाश की झलमलाहट दिखाई देने लगी। उसका मुंह कुछ खुला हुआ था, जिसमें उसके मिस्सी लगे मसूड़ों में से पान की ललाई से रंगे दांत अधचमक रहे थे। आंखों का काजल करीब-करीब कान तक खिंच गया था। बाल बड़े ही कसे से गौंध लगाकर माथे पर चिपकाए हुए थे। हाथों के बड़े-बड़े रत्नजटित कंगनों पर भी प्रकाश स्थिर-सा हो गया था। उसने धीरे से कहा, ''क्यों आचार्य?''

महाकवि इस सम्बोधन से जैसे प्रसन्न हो उठे। परन्तु अधिक प्रकट रूप में यह भाव नहीं आया। बोले, ''काव्य को कौन समझता है। ब्रज प्रदेश से यह सम्वाद आया है कि केशव ने राम के लिए 'चितवन उलूक ज्यों' लिखकर अन्याय किया है। काव्य का सौन्दर्य समझते हैं वे लोग? मैंने संस्कृत साहित्य की महान् काव्य-परम्परा को मथकर भाषा को एक महान ग्रन्थ दिया है, परन्तु उसे देखता कौन है? आचार्यत्व समझनेवाले हैं ही कितने? सूर और तुलसी—हां, भावपक्ष ठीक है, परन्तु ग्राम्यत्व कितना है इनके काव्य में।''

महाकवि के स्वर में एक हल्का-सा व्यंग्य झलक आया। और वे फिर बोले, ''गंग को छोड़ दो। रहीम भी अच्छा है, परन्तु वह जायसी—पदमावत् पढ़ा है उसका? कितना ग्राम्यत्व है। चन्द्र के साथ ही कविता उठ गई। सच है! काल ही सब कुछ करता है। अन्यथा इस देश में क्या नहीं था! राजा भोज के समय में कितने महान् कवि थे। राजा भी गुणज्ञ होते थे। फिर क्या हुआ? तुर्कों के आक्रमण से सब जैसे नष्ट हो गया। लोग घर-घर में जोगियों के गीत गाने लगे।''

वृद्ध ने मुस्कराकर कहा, ''कबीर के गीत।''

फिर हंसे और अपने आप बोले, ''मैंने काव्य का फिर उद्धार किया है प्रवीण! आज नहीं तो कल लोग देखेंगे कि लोक केशव के काव्यत्व को पहचानेगा। मैंने काव्य लिखा है, तुलसीदास ने पुराण लिखा है पुराण!''

फिर जैसे उन्हें याद आया। बोले, 'बिहारी! तुम्हें बहुत कुछ जानना होगा। प्रवीण!''

''आचार्य!'' उसने विनम्र स्वर से कहा।

''भरतमुनि, मम्मट, कुन्तक, आनन्दवर्धन, सब पढ़ा दो बिहारी को। महान् काव्यों की परम्परा सिखाओ। बिहारी को ऐसा बनाओ कि वह मेरी परम्परा को आगे बढ़ा सके। शुद्ध काव्य की रचना तक कर सके, अन्यथा मर्मज्ञ तो हो ही जाए।''

बिहारी के नयनों में अपार उत्साह भर आया था। उसने उनके घुटने पकड़कर कहा, ''इतना सब मैं कैसे सीख पाऊंगा गुरुदेव!''

''वत्स,'' वृद्ध ने कहा, ''गागर में सागर भरना ही काव्य है।''

बिहारी नहीं समझा। वह अवाक् देखता रहा। किन्तु प्रवीणराय समझ गई थी।

केशवदास ने फिर कहा, ''बहुत समय हो गया प्रवीणराय! राम ही सब के रक्षक हैं। वे ही जानें! क्या था यह देश! क्या हो गया।''

''फिर शाह अकबर दयालु हैं आचार्य! देश में अब शान्ति और समृद्धि है।''

आचार्य के नयनों में चमक नहीं आई। बोले, ''यह दुख तुलसीदास को भी है प्रवीण! वह लोक के लिए ही लिखता है, वैसे पण्डित है। क्या मेरी 'रामचन्द्रिका' लोक के लिए नहीं है?''

प्रवीणराय ने कहा, ''आचार्य! संगीत और काव्य लोक के लिए नहीं, मर्मज्ञों के लिए होते हैं। लोक गाता है, अपने गीत स्वयं रचता है। किन्तु उनका सूक्ष्म सौन्दर्य केवल रसज्ञ ही जान सकते हैं।''

''ठीक कहती हो, प्रवीण! ठीक कहती हो। प्राचीन आचार्यों ने भी यही कहा है। सब ही एक-से नहीं हो सकते। सौन्दर्य कौशल से जन्म लेता है। वह सब में नहीं आ सकता।''

'आचार्य! काव्य और संगीत मनुष्य की उस अवस्था के द्योतक हैं, जो साधारण के लिए नहीं हैं। साधारणीकरण में भी सब एक-से नहीं समझते।''

''तुम ठीक कहती हो प्रवीण।'' आचार्य ने फिर कहा, ''काव्य-शक्ति ही जब ईश्वर प्रदत्त है तो मेधा भी वैसी ही विरल होती है।''

बिहारी ने देखा, वृद्ध के मुख पर एक असीम गर्व की छाया उभर आई थी।

4

पिता ने अपना दुपट्टा उतारकर रख दिया और चटाई पर लेट गए। बहिन भीतर थी।

बिहारी द्वार के पास खड़ा था।

चारों ओर नीरवता छा रही थी।

सेवक और सेविकाएं मौन थीं।

बाहर आहट हुई।

''कौन?'' हरलाल ने पूछा।

नानिगराम ने भर्राए गले से कहा, ''भइया!''

सिर पर सफेद अंगोछा धरे बड़े भइया ने प्रवेश किया।

पिता ने मुंह फिरा लिया। नानिगराम रोने लगा। बिहारी की आंखें भर आईं। उसका नौ वर्ष का मस्तिष्क बार-बार सोचता था, फिर भी कुछ जम नहीं पाता था। भीतर से बारह वर्षीया बहिन निकली और उसने अपने पन्द्रह वर्षीय भइया को देखा जो अब घुटनों पर सिर रखे बैठा था।

''रोता क्यों है नानिग?'' पिता ने दृढ़ स्वर में कहा, ''रोता क्यों है? वह तो चली गई। किसी को आशा थी? कोई सोच सकता था कि दो-दो दिन के ज्वर में ही वह अपने बच्चों को छोड़कर ऐसी निठुर होकर चली जाएगी?''

हरलाल का मौन टूटा। बोला, ''कितने वैद्य आए, एक की भी नहीं चली।''

''काल से कोई नहीं जीत पाता।'' पिता ने फिर कहा, पर इस बार स्वर कांप गया। बिहारी रो उठा। बहिन ने उसे अपने सीने से लगा लिया और वह भी फूट-फूटकर रो उठी। भइया भी शायद अब रो रहा था। नानिगराम की हिचकियां-सी बंध गई थीं। पण्डित केशवराय ने फिर कहा, ''वह मान्धाता को खा गया, राजा राम को ले गया। युधिष्ठिर को ले गया। हरलाल! यह सब जो दिखाई दिता है झूठ है, माया है। इसमें सार कुछ भी नहीं है। मनुष्य वही सुखी है—जो कहा है न आचार्य शंकर ने :

सुर मन्दिर तरु मूल निवासं

शय्या भूतल मजिनंवास...''

''मालिक!'' हरलाल ने फूत्कार किया, ''साहस हार रहे हैं आप! यह बच्चे!! जानेवाली पुन्नात्मा अन्तिम दम तक ममता से लड़ती रही यम से। मां का हिया धरती के माटी-सा होता है मालिक! वह सहज ही क्या अपने फूलों को छोड़ जाता

है। आपने जीवन में क्या-क्या आपदाएं नहीं सहीं। फिर आज आप ही झुक जाएंगे तो इस गिरते आकास को कौन संभालेगा।''

सेविका ने आकर दीपक जलाया। वह अभी बाहर गई भी न थी कि एक सेविका ने प्रवेश करके कहा, ''महाराज ने भोजन भेजा हैं।''

केशवराय की आंखें अब भीग गई। बोले, ''अभागिन! तू तो चली गई। किन्तु जब कर्म में इस पन्द्रह वर्ष के बालक का सिर घुटा देखूंगा तब क्या मेरी छाती न फट जाएगी? हरलाल!''

''मालिक!'' उसने कातर स्वर में कहा।

''मैं कहता न था कि इस संसार में कोई किसी का नहीं होता। सब यात्री होते हैं। हम सब एक-दूसरे को अपना-पराया समझते हैं, पर यह भी कोई जीवन है कि हमारा जन्म और मरण पर ही अधिकार नहीं है। मैं चाहता था सब छोड़ जाऊं। पर भाग्य! वह तो नचाता है। वह क्या किसी को छोड़ता है?''

वे अधिक नहीं कह सके।

जब कर्म समाप्त हो गया और भीड़ें पुआ खाकर चली गईं, दिन बीतने लगे।

बिहारी आचार्य केशव की सेवा में उपस्थित रहता, परन्तु पिता अधिक नहीं मिलते-जुलते। घर बहन संभालती। कई महीने बीत गए।

एक दिन ओरछा में हलचल-सी छा गई। किन्तु फिर भी सब पर उदासी का वातावरण था। काले कपड़े पहने सेना के घुड़सवार निकल गए और झंडे झुक गए। चालीस दिन का मातम प्रारम्भ हो गया। शाहंशाह अकबर का 'स्वर्गवास' हो गया था। फिर जश्न शुरू हुए। अब उनका पुत्र सलीम जहांगीर का नाम धारण करके शाहंशाह बन गया था। ओरछे के महाराज दलबल के साथ दरबार में गए और साथ में भेंट भी लेते गए जब लोटे तो उन्हें नए खिताब और पोशाकें मिलीं। वे प्रसन्न थे। वीरसिंहजू देव का पराक्रम और भी फैल गया, क्योंकि वे जहांगीर के कृपापात्रों में थे।

इतनी बड़ी हलचल हुई। इतनी कथाएं सुनाई दीं कि नए बादशाह के हरम में आज तो क्या, जब वे 18 वर्ष के थे, तभी 500 रखैलें थीं। कहते थे, वे बड़े सुन्दर थे। और शराब पीने का तो उन्हें बहुत ही शौक था। बड़े न्यायप्रिय थे। कहते थे कि जब सम्राट् अकबर का अन्तिम समय आया तब जयपुर के महाराज मानसिंह, शाहंशाह जहांगीर की जगह उनके पुत्र को गद्दी पर बिठाना चाहते थे, लेकिन बूढ़े अकबर शाह ने स्वयं अपना ताज सलीम को देकर उसे सलाम किया था।

किन्तु पिता ने जैसे कुछ नहीं सुना। अब वे केवल अपना काम कर आते, और अब महाराज बुलाते तब हो आते।

दो वर्ष और बीत गए। आचार्य केशवदास बीमार थे। केशवराय ने पूजा समाप्त करके अपने ठाकुर को दण्डवत की। उठे ही थे कि सेवक ने आकर सूचना दी, ''कविराय केशवदास गोलोकवासी हुए।''

केशवराय ठिठके-से खड़े रह गए।

बिहारी 12 वर्ष का था। फूट-फूटकर रो उठा। जाकर देखा, वे रेशमी कफन ओढ़े सो रहे थे। महाकवि फूलों की सेज पर सदा लिए सो गया था।

केशवराय ने झुककर कवि के चरणों को छू लिया। बिहारी चरणों से लिपटकर फूट-फूटकर रोने लगा। प्रवीणराय मूर्च्छित पड़ी थी। दासियां गुलाबजल छिड़ककर उसे होश में लाने का प्रयत्न कर रही थीं। महाराज नंगे पांव आए थे कवि को ले जाने आज ओरछा की गौरव-पताका झुक गई थी।

पथों पर सन्नाटा था। महाराज ने कंधा लगाया। अन्तिम स्वर गूंजे जिन्होंने एक बार फिर मनुष्य को उसके जीवन की निस्सारता दिखाई और वे फिर इस यथार्थ वेदनामय जीवन के संघर्षों में भुला दी गई।

सांझ हो गई तब बिहारी ने पिता के चरणों पर रोकर सिर रखते हुए कहा, ''दादा! अब मैं कहां जाऊं?''

केशवराय ने उसे देखा, किन्तु बोले नहीं। बहन ने देखा कि उनके होंठ कांप रहे थे, जैसे वे अपने आंसुओं को बड़ी कठिनाई से रोके हुए थे।

दीपक जल गए। परवाने चक्कर काटने लगे। बिहारी देर तक देखता रहा। धीरे-धीरे अनेक जलकर वहीं ढेर हो गए।

पौ फटी। पिता की खड़ाऊं का स्वर सुनाई दिया।

''बिहारी!''

'हा, दादा!''

''तू सोया नहीं?''

''नींद नहीं आई!''

''क्यों?''

''गुरुदेव सारी रात यहीं थे दादा!''

''गुरुदेव!'' उन्होंने कहा, ''यही थे?''

हरलाल पास आ गया।

''हरलाल!''

''हां, मालिक!''

''मेरा मन उचट रहा है।''

''क्यों मालिक!''

''मेरे लिए ओरछा में अब क्या है?''

''बच्चों को बड़ा होना है। जीविका है।''

''मुरारी देंगे हरलाल! पूर्वजों की देह जिस धूलि में मिली है, मैं भी वहीं जाऊंगा। मुझे भी वहीं की धूलि में जाकर मिलना होगा। फिर रुककर कहा, ''नहीं, तुम घबराओ नहीं। मुरारी ने जिनका उत्तरदायित्व मुझे दिया है, उनका सारा काम निःशेष करके ही मैं उसकी सेवा में जाऊंगा, क्योंकि अन्यथा क्या वह प्रसन्न होगा?''

हरलाल अवाक् खड़ा रहा।

''मैं महाराज से छुट्टी लेने जाता हूं। हम ब्रजभूमि में लौट चलेंगे।''

वे चले गए।

बिहारी उठा और उनके लौटने की प्रतीक्षा करता बैठा रहा। आज उसका मन भीतर ही भीतर व्याकुल हो रहा था।

दो

गुढ़ौग्राम के स्वामी नरहरिदास अत्यन्त विख्यात व्यक्ति थे। जब वे ब्रज में जा बसे थे उनके दर्शनार्थ अनेक व्यक्ति आया करते थे। केशवराय भी वहीं आ बसे। बिहारी ने स्वामी नरहरिदास से दीक्षा प्राप्त की। यहीं आकर उसने विधिपूर्वक शास्त्रों तथा साहित्य का गम्भीर अध्ययन किया।

धौम्य गोत्रीय श्रोत्रिय चतुर्वेदी माथुर केशवराय घरबारी अल्ल वाले थे। उनकी शाखा आश्वलायन थी। उनके तीन प्रवर कश्यप, अत्रि और सारण्य थे। उनकी कुलदेवी का नाम महाविद्या था। उन्होंने सबसे पहले पुत्री का विवाह परम्परानुसार एक श्रेष्ठ मिश्र परिवार में कर दिया। कुछ ही दिन बाद उन्होंने ज्येष्ठ पुत्र का मैनपुरी में विवाह कर दिया और वह दिल्ली की ओर चला गया। स्वयं उन्होंने बिहारी का मथुरा में विवाह कर दिया और तब वे फिर अपनी काव्य-साधना में लग गए। हरलाल मर चुका था। नानिगराम को अब दीखता नहीं था। पिता की भांति ही बिहारी भी कविता लिखने लगा था। स्वामी नरहरिदास उसकी प्रतिभा देखकर प्रसन्न रहते थे। किन्तु पिता के लिए जैसे अब कुछ भी नहीं था। वे एक झोंपड़ी में रहते और उन्हें जैसे किसी की भी याद नहीं आती थी।

अंधा नानिगराम बैठा गुनगुना रहा था :

"अति अगाध, अति औथरौ, नदी कूप सरु बाइ।

सो ताकौ सागर, जहां, जाकी प्यास बुझाइ।"

वृद्ध केशवराय सुनकर ठिठक गए।

धीरे से कहा, "नानिगराम?"

"ओ हो! कौन मालिक!"

"अच्छा तो है?"

"अच्छा हूं मालिक! अंधे को आपने स्वामी नरहरि की ड्योढ़ी पर रख दिया। मेरे लिए इससे अच्छा और क्या होता? यहां सब से दूर पड़ा हूं, माया से ममता

से। भगवान् का नाम तो ले पाता हूं। बहुत पाप किए थे मैंने जो गिरिधर ने अंधा कर दिया, पर बाहर की इसीलिए छीन लीं उसने क्योंकि हिए में की मूंदे बैठा था। अब सब कुछ साफ दिखाई देता है। मालिक।''

''तू क्या गा रहा था नानिग?''

''कुछ नहीं,'' उसने हंसकर कहा, ''स्वामी नरहरि के पास बिहारी भइया बैठे कविता सुनाया करते हैं। एक दिन मैंने कहा, ''भइया! स्वामी जी इतने प्रसन्न होते हैं, सब लोग तुम्हारी तारीफ करते हैं, कुछ हमें भी सुनाओ!' बोले–'मैं क्या जानता हूं काका!' पिता से तुमने क्या न सुना होगा। मैं उनकी-सी कविता कहां लिख पाता हूं।' मैंने कहा–'भइया! तुम सपूत हो, तभी पिता की स्तुति करते हो! नहीं तो इस कलजुग में बाप को बेटा कब पूछता है।' बोले अचानक–और वह दोहा मैंने याद कर लिया है।''

''क्या दोहा है नानिग, फिर दुहराना!''

''उसने फिर दुहराया।''

''यह बिहारी ने बनाया है?''

'इसमें भला क्या पूछना मालिक, आप तो जाने काहे में खोए रहते हैं। बिहारी ने तो कई दोहे बनाए हैं।''

पिता चले गए। और उनके होंठों ने फिर वह दोहा दुहराया। बिहारी अपने कोठे में लिख रहा था। खड़ाऊं की आवाज सुनकर बैठ गया। पिता ने कहा, ''बिहारी!''

वह द्वार पर आया।

बोले, ''बेटा! मैं राह भूल गया था।''

बिहारी समझा नहीं। देखता रहा।

बोले, ''मैं जा रहा हूं।''

''कहां पिता?''

''स्वामी नरहरि के पास।''

एक बार उन्होंने उसे फिर आंख भरकर देखा और कहा, ''याद है न? मथुरा में तेरी ससुराल है। तेरा कर्त्तव्य तेरी पत्नी के प्रति है। उसे, हां, उसे तू आग के फेरे देके अपनी कह आया है। जा, उसे ले आ।''

''संझा को चला जाऊंगा।''

''नहीं पुत्र! अब इतनी देर मत कर।''

बिहारी ने घोड़ा कसा और चल दिया। जब वह आंखों से ओझल हो गया,

पिता ने अपने कोठे का कोना खोदा। तीस अशर्फियां बची थीं। निकालकर पोटली बांध ली और कमर में खोंस ली और स्वामी नरहरि के निवास-स्थान की ओर चल पड़े।

स्वामी नरहरि अभी सोकर उठे थे। कोई शिष्य बाहर वीणा बजा रहा था। वे स्वयं बड़े अच्छे गायक थे। अब वे काफी वृद्ध हो गए थे।

केशवराय ने जाकर चरणों में प्रणाम किया।

‘‘आओ कवि!’’

‘‘आपने सुना!’’ केशवराय ने बैठकर कहा।

‘‘क्या?’’

‘‘पुत्र ने मुझे उपदेश दिया है।’’

‘‘किसने! बिहारी ने?’’

‘‘हां, महाराज! स्वयं उसी ने।’’

‘‘है कहां?’’

‘‘मैंने उसे बहू को लाने भेज दिया है। क्योंकि अब पुत्र ने मेरी आंखें खोल दी हैं। अब मुझे संन्यास दें।’’

‘‘क्यों?’’ स्वामी नरहरि दास ने चौंककर कहा, ‘‘उसने क्या कहा?’’

‘‘उसने?’’ पिता ने गर्व से कहा, ‘‘उसने सब कुछ कह दिया महाराज! सुनिए :

अति अगाध, अति औथरौ, नदी कूप सरु बाइ।

सो ताकौ सागर, जहां, जाकी प्यास बुझाइ।

‘‘ठीक ही तो कहा है कि नदी, कुआं, तालाब और बाबड़ी का पानी चाहे बहुत गहरा हो, चाहे बहुत उथला हो, परन्तु उसके लिए तो वही सागर हो जाता है, जहां उसकी तृष्णा शान्त हो जाती है, जहां जिसकी प्यास बुझ जाती है।’’

स्वामी नरहरिदास मुग्ध नेत्रों से देखते रहे।

पिता ने कहा, ‘‘केवल अनुप्रास और अन्योक्ति ही नहीं, जीवन का सत्य! मैं भी कितना भटका हुआ था। सब कुछ, जो भी मुझे करना था, मैं कर तो चुका, पर न जाने किस अज्ञान ने मेरी प्यास को बुझने ही नहीं दिया। रह-रहकर इस बिहारी का ही मुझे मोह सताता था कि यह क्या करेगा, लेकिन अब मैं वृद्ध हो गया हूं। मुझ जैसे टूटे छप्पर के नीचे बैठने वाले की आंधी-पानी से रक्षा तो क्या हो सकती है, उल्टे मेरे ही उसपर गिर जाने का भय अवश्य है।’’

फिर रुककर कहा, ‘‘बस यह धन शेष है, महाराज!’’

उन्होंने अशर्फियां निकालकर रख दीं और कहा, ''वह आएगा। यह दे दें उसे। आज मैं स्वतंत्र हुआ। अब बिहारी की भी मुझे चिन्ता नहीं रही। बुद्धिमान अपना मार्ग स्वयं खोज लेता है।''

''वह कब तक लौट आवेगा?''

''कल संझा को या परसों सवेरे तक।''

''तुम स्वयं उसे देकर जाना।''

''नहीं महाराज! अब कूप-तड़ाग में न बांधे। इतना संबल दिया है, तो ममता के बंधन तोड़ना भी सिखाएं।''

दूसरा दिन बीत गया। बिहारी नहीं आया।

ससुराल वालों ने उसे इज्जत से जबर्दस्ती रोक लिया। चौथे दिन जब तक वह पहुंचा, झोंपड़ी खाली पड़ी थी। घर गया। कोठे का कोना खुदा पड़ा था। पालकी से उतरी हुई वधू आंगन के कोने में बैठी थी अकेली। सोलह का पति, चौदह की पत्नी।

फिर कहां होंगे!

ओह! ठीक है! स्वामी नरहरिदास के यहां होंगे।

बिहारी तेजी से पहुंचा।

स्वामी नरहरि बैठे कुछ पढ़ रहे थे।

प्रणाम किया।

''चिरंजीव रहो वत्स!'' वृद्ध ने कहा, ''अभी आए हो?''

''हां, महाराज!''

''तो देखो, वह कोने में जो धन है, वह तुम्हारा है, उसे ले लो!''

बिहारी आतुर आशंका से चिल्ला उठा, ''दादा!''

'वे चले गए!''

''कहां!!!''

''उन्होंने संन्यास ले लिया बिहारी। उनका शोक न कर। वे अपना काम कर चुके। म्लेच्छों के आने से पहले ब्राह्मणों की यही परम्परा थी।''

''पर वे मुझसे छिपकर क्यों गए?''

''उन्हें डर था कि तुम्हारी ममता कहीं उन्हें रोक न ले।''

उस समय अंधेरा हो गया जब बिहारी घर लौटा। पत्नी ने दीप में तेल डालकर चकमक से बत्ती जला दी।

पिता की खड़ाऊं के अन्तिम चिह्न पर नई बहू के हाथ में जलाए दीपक का प्रकाश चमक उठा।

बिहारी का उजड़ा हुआ घर फिर बस गया था किन्तु वह अपने को रोक नहीं सका। पत्नी लाज से पूछ नहीं पाई किन्तु उसने देखा कि वह रो रहा था। पास आई और उसके सिर को अपने कंधे पर टिका लिया।

2

स्वामी नरहरिदास ने आंखें उठाईं।

"बिहारी?"

"हां, गुरुदेव!"

वह बैठ गया।

"क्यों? क्या बात है?"

"मैं आज्ञा लेने आया था।"

"कहीं जा रहे हो?"

"हां, गुरुदेव!"

"जाओ, भगवान् तुम्हारा मंगल करे।"

बिहारी का मन भीतर-ही-भीतर विक्षुब्ध हो गया। अब वह यहां रहेगा तो किसके सहारे! एक गरुदेव का ही सहारा था। किन्तु वे विरक्त हैं। उन्हें मोह-माया नहीं भाती। जाते हो जाओ, आते हो आओ, उन्हें जैसे किसी से कोई मतलब ही नहीं।

किन्तु बिहारी उठा नहीं, गुरुदेव ने कुछ समझकर पूछा, "क्यों? तू दुखी-सा कैसे लगता है? पिता को गए कई दिन हो गए। अभी तक तेरा मन शान्त नहीं हुआ?"

बिहारी को लज्जा हुई। वह कुछ और ही कहने आया था। सिर झुकाकर कहा, "गुरुदेव! मेरा यहां कोई सगा-सम्बन्धी नहीं! मैं अकेला हूं।"

"क्यों तेरी बहू यहां नहीं है?"

"वह तो है। उसकी तबीयत ठीक नहीं है। इसीसे..."

बोले नहीं। सुनते रहे।

बिहारी ने अटक-अटककर कहा, 'सोचता था कि मथुरा चला जाऊं।'

विरक्त ने चौंककर कहा, ''ससुराल!''

''हां,'' बिहारी समझा नहीं, ''ससुराल से चिट्ठियां आती हैं—परदेश में तुम दोनों अकेले मत रहो। समय-कुसमय में काम आनेवाला वहां कोई नहीं।''

गुरुदेव ने सुना और कहा, ''अच्छा, जा! जीवन का नाम अनुभव है। तू कवि है। तू जहां भी जाएगा, उससे तुझे लाभ ही होगा। पर एक बार मुझे अपना गीत सुना जा।''

बिहारी तम्बूरा उठा लाया।

ठंडी-ठंडी हवा चल रही थी।

बिहारी ने गाया :

''रनित भृंग घंटावली, झरत दान मधुनीर।
मन्द-मन्द आवत चल्यौ, कुंजर कुंज समीर।।''

चित्रोपम भाषा, ध्वन्यात्मक शब्दावली और गत्यात्मक चित्रात्मकता में सांगरूपक और पुनरुक्ति अलंकार का सौन्दर्य वहां बिखर गया। गुरुदेव ने देर तक सुना, फिर कहा, ''बिहारी!''

''गुरुदेव!''

''जीवन का लक्ष्य क्या है, जानता है?''

''गुरु-सेवा!''

''नहीं!''

''परिवार-पालन!''

''यह सब बीच के माध्यम हैं। अंत्य क्या है?''

''नहीं जानता, गुरुदेव!''

''भगवान के चरणों में जाना।''

बिहारी मूक बैठा रहा।

स्वामी नरहरिदास ने फिर कहा, ''राज्य आते हैं मिट जाते हैं। धर्म ही स्थायी है। धर्म में भी भक्ति। कृष्ण और राधा की उपासना कर। राधा ही तेरी रक्षा करेंगी। काव्य और संगीत सबको नहीं मिलते।''

बिहारी ने देखा वे कुछ विभोर हो गए थे। वे कहते रहे, ''केशवराय सत्कवि थे। किन्तु उन्हें यश नहीं मिला। उन्हें एक प्रकार की उदासीन निराशा ने घेर लिया था। विरक्ति निराशा का नाम नहीं, त्याग के आनन्द की सक्षम अनुभूति है। वे उसे नहीं पा सके। अब तू जा रहा है। साधना मत छोड़ना। एक बात याद रखना।''

''आज्ञा गुरुदेव!''

''काव्य को मत छोड़ना। यह किसी का साथ नहीं छोड़ता। यह सदा ही पार लगा देता है।''

बिहारी ने सिर झुकाया।

''अयोग्य की सेवा में सरस्वती को मत झुकाना। वीरता, सौन्दर्य, धर्म तथा ज्ञान यही चार सरस्वती की वंदना के योग्य हैं।''

''यही करूंगा, गुरुदेव!'' बिहारी ने मन में गांठ बांधते हुए कहा।

आकाश में बादल-से उठने लगे थे। उसने दण्डवत करके गुरु से विदा ली। आकाश में अब धूमिलता आ गई थी।

घर पहुंचकर उसने स्नेह से पुकारा, ''सुशीला!''

वह अभी घड़ा कुएं से भरकर लाई थी।

घूंघट किए आ गई।

''यहां इसकी क्या जरूरत है?''

वह शर्माई।

बिहारी ने उसका मुंह खोल दिया। वह हंस दी।

बिहारी कह उठा :

नैक हंसौंहीं बानि तजि, लख्यौ परतु मुहं नीठि।

चौका चमकनि चौंध में, परति चौंधिसी दीठि।।[1]

वह हंसी। कहा, 'चलो रहने दो।''

बिहारी का मन नहीं भरा। वह बिचारी काव्यशास्त्र नहीं पढ़ी थी कि तुरन्त उपमा, अनुप्रास और अलंकारों की प्रशंसा कर उठती। उसने केवल शब्दार्थ की झलक पाई थी। बिहारी ने मन-ही-मन कहा, ''काव्य का समझना सबका काम नहीं।''

उसे अचानक ही प्रवीणराय की याद हो आई। केशवदास कैसे भाग्यशाली थे कि उन्हें ऐसी रस-मर्मज्ञ स्त्री मिल गई थी। किन्तु वह उनकी पत्नी नहीं थी। पत्नी संभवतः समाज के लिए है, अन्यथा पुराने आचार्य भी परकीया की प्रशंसा क्यों करते?

---

1. तुम अपनी हंसने की बात छोड़ दो, क्योंकि तुम्हारे दांतों की चमक के आगे मेरी आंखें चौंधिया जाती हैं, जिससे मुझे तुम्हारा मुख बड़ी कठिनाई से दिखाई देता है।

उसने कहा, ''फिर कल चलेंगे न?''

''मैंने पंडित को पत्रा दिखा ली है। कल का मुहूर्त अच्छा है।'' वह गद्गद् थी कि उसे फिर अपने माता-पिता और भाई-बहनों के दर्शन होने को थे।

बिहारी ने कहा, ''लेकिन हम चल रहे हैं, तो हमें लेने तो कोई आया नहीं।''

''चिट्ठी तो आ गई है। वे तुम्हें ऐसे थोड़े ही समझते हैं, कि तुम्हें अकेले यात्रा करने योग्य भी न समझें!'' फिर वह स्वर बदलकर बोली, ''फिर अपना रूपमा भी तो खतम होने को आ गया है। वहां चलने से कोई न कोई राह जरूर निकलेगी।''

बिहारी उत्तर नहीं दे सका।

उसने मन-ही-मन कहा, ''पिता मुझे कैसे छोड़ गए!''

विवेक ने उत्तर दिया, ''और वे क्या करते? क्या तू स्वयं अपना और अपनी पत्नी का पोषण नहीं कर सकता?''

स्वार्थ ने कहा, ''उन्होंने मुझे कुछ सिखाया भी तो नहीं।'

अहंकार ने कहा, ''मुझे उन्होंने कितना बड़ा पंडित बनाया है।''

जब सामान बंध चुका बिहारी ने कहा, ''सुशीला! मैं बैद्यक करूंगा वहां चलकर।'

''तुम वैद्यक करोगे तो हम वहां कितने दिन रह सकेंगे!''

''क्यों?''

''आखिर यह तो नहीं होगा कि तुम जिन रोगियों का इलाज करोगे उनका रोवा-राखा कोई नहीं हो।''

बिहारी झेंपा। फिर कहा, ''तुम समझती हो कि वैद्यक के लिए पढ़ने-लिखने की जरूरत है।''

''तो फिर चलो, किसी गंवई-गांव में रहेंगे।''

''वहां! कौन समझेगा मेरी कविता!''

''ऐसी लिखना जो गांव के लोग समझ लें।''

बिहारी चिढ़ गया।

बोला :

> ''अरे हंस या नगर में, जैयो आपु बिचारि,
> कागनि सौं जिन प्रीति करि, कोकिला दई बिडारि।''[1]

---

1. अरे हंस इस नगर में प्रवेश करने के पहले विचार कर ले। यहां वे रहते हैं जिन्होंने कौओं से प्रेम करके कोयल को बाहर भगा दिया।

वह हंस दी।

कहा, ''चलो, ब्यालू कर लो।''

बिहारी ने कहा, ''सुशीला! हम जहां चल रहे हैं, वहां लोगों को कविता से तो प्रेम है?''

''क्यों नहीं है?'' सुशीला ने कहा और कोठे में चली गई। बिहारी के माथे पर सलवटें पड़ गई थीं। वह जैसे किसी गहरे चिंतन में तल्लीन हो गया था।

3

बड़ी देर हो गई बैठे-बैठे। कोई भीतर से खाना खाने को बुलाने तक नहीं आया। बिहारी ऊब गया। कल सुशीला भी कुछ ऊबी-ऊबी-सी थी। बोली, ''मेरे पास जाने अपना हार कब होगा?''

''कैसा हार?'' बिहारी ने पूछा।

''भाभी के पास देखो कैसा है?''

बिहारी चुप हो गया।

बोली, ''पहले स्वयं बोली—ले, तू पहन ले आज। मैंने पहन लिया। दिन-भर पहने रही। सब देखते तो पूछते—किसका है? मैं कहती—भाभी का। एक पड़ोसिन बोली—अरी, भाभी के हार को ही देखकर खुश होती रहेगी कि अपना भी कभी पहनेगी।''

कुछ रुककर बोली, ''सुनो! एक बात कहूं?''

''कहो।'' बिहारी ने कहा था।

वह चुप रही।

''बोलती क्यों नहीं?''

''नहीं, रहने ही दो।''

''क्यों?''

''क्या फायदा!''

बिहारी मन-ही-मन तिलमिला गया था।

सुशीला ने लम्बी सांस खींचकर कहा था, ''न जाने वह दिन कब आएगा!''

बिहारी उदास हो गया था।

तो बोली वह हाथ पकड़कर, ''तुम्हें मेरी कसम। उदास न होओ ऐसे। मैं क्या गहनों की भूखी हूं? क्या तुम्हारे दुख को मैं नहीं जानती?''

बिहारी का सिर नीचे देखकर बोली, ''मैं तो मजाक कर रही थी। तुमने मेरी बात को मन में बांध तो नहीं लिया। आ जाएगा कंगन भी। और न भी आया तो क्या, कोई कंगन बिना मरा थोड़े ही जाता है। दुनिया में क्या अमीर-गरीब नहीं होते? पर मैं कहती हूं कि लोग भी कैसे अजीब होते हैं। तुम सुन नहीं रहे हो।''

''सुन तो रहा हूं।''

''कहां, सुन कहां रहे हो। तुम तो दिन-भर जाने क्या लिखा करते हो! तुम्हें क्या पता कौन क्या कहता-कहता है?''

''किसी ने कुछ कहा?''

''काका जी से मैंने कहा था।''

''तुमने कहा था?''

''कहा क्या था, यों ही कह दिया था कि भाभी का हार वे ही बनवाकर लाए थे। बोले, 'बेटी! हम तो तेरे लिए जो कर सकते थे, कर चुके। अब तू पराई हुई। अब तो जो करे तेरे लिए वह करे।' सुना तुमने! जीजी आई थी अपना जड़ाऊ हार पहने तो यही काका जी बोले थे, 'एक उसने दिया है तो क्या एक हम नहीं दे सकते!' एक ही घर की लड़कियां हैं हम दोनों। मैं क्या कुछ नहीं समझती? पहले साल तो ठीक चला था। पर इधर तो जाने कैसे सब की आंखें पलट गईं।'' फिर एक लम्बी सांस छोड़कर कहा, ''सब के दिन फिरते हैं।''

बिहारी का मन भीतर-ही-भीतर गलने लगा।

सुशीला ने कहा, ''कल माई आई थीं। पूछती थीं, 'क्या तेरे कुछ हुआ नहीं?' जानते हो पड़ोसिन चम्पा ने क्या कहा? बोली, बेचारी के भाग न जाने कब चेतेंगे।'

बिहारी सिहर उठा।

वह खाट पर लेट गया।

उसे झपकी-सी आ गई।

फिर किसी ने धीरे से जैसे उसको जगाया!

''कौन?''

''अभी से सो गए?'' सुशीला ने धीमे से कहा, ''अभी ही तो सब खाके उठे हैं।''

वह थाली लिए थी—परांवठे और बैंगन का साग। कहती रही, ''आज भाभी

के भइया आए हैं न? सो वे उधर ही खातिर में लगी रहीं। खाने की अशर्फी दी है। पता नहीं इतना रुपया कहां से ले आते हैं। लो, तुम खा लो, मुझे अभी बहुत काम है, तमाम बर्तन मांजने हैं।''

''सब बर्तन तुम्हीं मांजती हो?''

वह हंस दी। बोली, ''तो क्या हुआ। आज से थोड़े ही, तीन महीने हो गए। आखिर इनके घर रहते हैं और खाते हैं तो कुछ ऐसा भी तो करना चाहिए कि उन्हें हमारी मौजूदगी अखरे नहीं। बस, मैंने ये तरकीब निकाल ली। अब नजरें पलटी हुई नहीं हैं।''

बिहारी का कौर गले में अटक गया।

वह कहती रही, ''तुम किसी बात की फिकर मत करो। कविता लिखा करो। मैं सब संभाल लूंगी। पर देखो, कहीं तुम मुझसे नाराज न हो जाना, फिर मेरा इस जग में कोई नहीं है। सचमुच पति ही स्त्री का सब कुछ होता है। मैं तो भाभी के सामने पड़ती ही नहीं। बताओ! जिस घर में कभी मैं ही सब कुछ थी, अब वहां पराए घर से आई भाभी ही सब कुछ है। मेरी तो कोई कुछ पूछता ही नहीं। खास मां भी नहीं। वह भी नहीं, जिसने मुझे जन्म दिया है। मैं कहती तो हूं, नई साड़ियां आई थीं। एक मुझे अच्छी लगी। उठाकर देखती थी कि भाभी ने झट हाथ से ले के अम्मा से कहा, 'यह मैं लूंगी।' मैं तो कह भी न पाई कुछ। ले ली गई फौरन! किसी ने मुझसे नहीं कहा कि तू भी ले ले एक। आखिर इसके भी मन होगा यह किसी ने न देखा। तुम्हारे पास कुछ होता तो क्या तुम चुप रह जाते! मैं तो जानती हूं कि तुम मेरी आंखों से पहचानकर मुझे लिवाके रहते। अपनों की बात अपनी ही है। फिर जानते हो अम्मा ने क्या लीपा-पोती की! बोली, ''बहू, देख मेरे बक्स में एक साड़ी रखी है, नीली-पीली कन्नी की। वह ला दे इसे। भाभी ने ला दी और बोली—'अम्मा जी! यह वाली। यह तो तुमने पंडा जी के लिए रखी थी पंडाइन के लिए।' अम्मा बोलीं—बड़ी भारी दानी बनकर, 'अरी, तो मेरी बेटी से क्या उसका हक पहला है?' मैंने कहा, 'अभी क्या जरूरत है अम्मा! तुम्हारा ही तो है सब कुछ। जरूरत होगी तो ले लूंगी।' सच! मानोगे? मैंने नहीं ली। पंडाइन के लिए रखी उतरी-उतराई साड़ी मैं लूं! मेरी जूती से! अरे, तुम खा नहीं रहे हो! तुम तो आज मेरी मुसीबत करा दोगे! भाभी के भइया के लिए रबड़ी औट रही हूं दूध में डालने को।'' फिर धीमे से बोली, ''देखो, मौका लगा, तो एक कटोरी लाऊंगी तुम्हारे लिए, सो न जाना।''

बिहारी ने थाली खिसका दी।

''खा चुके?''

''हां।''

''आज तो कुछ खाया ही नहीं?''

''नहीं, खा तो चुका।''

पांवों की चाप सुनाई दी।

''कोई आता है!'' वह जल्दी से थाली लेकर अंधेरे में चली गई।

''कौन सो रहा है?'' काका का स्वर सुनाई दिया।

बिहारी उठ बैठा।

''अरे! अभी से सो गए। चलो तुम्हारी मुलाकात कराएं लल्ला! मनोहर के साले आए हैं। दिल्ली की खबरें सुनो उनसे। चलो, फिर सो लेना। तुम्हें और कौन झंझट है। कविता न लिखी, सो लिए।''

बिहारी का मनक छर-छर हो गया। बोला, ''चलिए।''

भाभी का भाई मलमल का कुर्त्ता, मलमल की धोती पहने, तोंद निकाले, ढीले-से गावतकिए के सहारे लेटे थे। मुख पर आत्मगौरव की छाप थी। बिहारी काका जी के साथ गया। काका गलीचे पर बैठे। बिहारी भी।

''यह देखो!'' काका ने अपनी आयु का बड़प्पन बीच में ले लिया, ''यह हैं हमारी सुशीला को ब्याहे, हमारे छोटे जमाई।''

बिहारी ने प्रणाम किया। भाभी के भइया चौबे थे, सो प्रणाम का उत्तर ठीक से दिया, क्योंकि चौबे-चौबे सब ही श्रेष्ठ होते हैं। फिर बोले ''आप आजकलकहां हैं?''

''हैं,'' काका ने बात टालते हुए कहा, ''यहीं हैं, अब आप दिल्ली के ठाठ सुनाओ!''

अतिथि को बिहारी का मुख अच्छा लग रहा था। उसने फिर पूछा, ''आप क्या करते हैं? कहीं घर-जायदाद-जागीर...''

''अब लो!'' काका ने कहा, ''कवि हैं। कविता करते हैं।''

''कविता!'' भाभी के भइया को दिलचस्पी निकली। बोले, ''कैसी कविता करते हैं? पद लिखते हैं कि भजन? कि गंग के-से कवित्त! भाई, कहीं केशवदास के-से छन्द तो नहीं? हमारी तो समझ में नहीं आते। पर सब तारीफ करते हैं, तो हमें भी चुप रहना पड़ता है। अपने यहां ठाकुर हैं। कोई उनकी घोड़ी की भी तारीफ में एक कवित्त सुना दे तो एक रुपया देते हैं। कवियों की साहब! बड़ी आमदनी है। हर लगै न फिटकरी रंग चोखा आए। अरे भइया! सब भाग्य का खेल है। अब देखो। एक महरुन्निसा सौदागर की बेटी, दिया भगवान् ने रूप।

आज मलका हो गई है। गुलाब के इत्र से हौद भरवाकर नहाती है। 80,000 रुपए तो रोज उसके सिंगार में खर्च होते हैं।''

'अस्सी हजार!'' काका की आंखें फट गईं।

''शाही ठाठ ठहरे! अभी शाहज़ादा खुर्रम (बाद में यही शाहजहां बना था) मेवाड़ से लौटे थे दिल्ली। राणा अमरसिंह ने सुलह कर ली!''

''कर ली!'' काका नींद से जागे, ''हाय-हाय! हिंदुवानी की शान तो राणा कीका थे—इन राणा के पिता—महाराणा प्रताप! घास की रोटी खा ली पर सिर न झुकाया!'' फिर सोचकर बोले, ''पर विधाता से कौन कब तक टकराए!''

अतिथि ने बिहारी से कहा, ''तो कुछ सुनाइए।''

''नहीं, नहीं,'' बिहारी ने संकोच से कहा, ''मैं क्या...''

''अरे!'' काका ने कहा, ''नहीं, नहीं क्यों करते हो! दिन-भर कागज काले करते हो बैठे-बैठे। अब कुछ पता तो चले कि क्या लिखते हो? यह जानकार हैं, इन्हें सुनाओ!''

बिहारी का मुख अपमान से लाल हो गया। पर वह जानता था कि बात बढ़ेगी तो न जाने कहां ठहरेगी। इसलिए पी गया। मुस्कराकर कहा, ''आपकी रुचि किधर है?''

अतिथि ने कहा, ''ये हम कैसे बता दें!''

''सुनिए!'' बिहारी ने कहा। और स्वर से सुनाया :

    ''बसै बुराई जासु तन, ताही कौ सनमानु।

    भले-भले कहिए छांड़िए, खोटे ग्रह जपु-दानु!''

अतिथि सहसा ही चौंक उठे। बोले, ''दृष्टान्तालंकार है। अच्छा कहा है। है न वही?''

फिर अविश्वास से देखा कि चोट किस पर है। काका समझ नहीं रहे थे। बोले, ''भाई दोहे में रस नहीं आता। हमें तो सूर का पद भाता है। और सूर भी क्या! कवि तो कबीरदास थे, चन्द थे! जो कविता संस्कृत में है सो भाषा में कहां? अहा! भर्तृहरि! अमरुक! आनन्दवर्द्धन! अहा! काव्य तो शृंगार है, शृंगार! रसों का राजा ठहरा!''

काका की बात सुनकर बिहारी को बड़ा ही आश्चर्य हुआ। उसने कहा :

    ''भई जु तनु छवि वसनु मिलि, बरनि सकैं सु न बैन।

    अंग ओपु आंगी दुरि, आंगी आंग दुरै न!''[1]

---

1. उसके तन की छवि वस्त्रों से मिलकर बढ़ गई है। चोली उसके शरीर के रंग में मिलकर छिप गई है, परन्तु (उभार के कारण) अंग चोली में नहीं छिपते।

'अहाहा!'' काका ने कहा, ''अरे बिहारीलाल! तुम तो बड़े जोरदार निकले। उपमा और स्वभावोक्ति का गजब कर दिया।''

बिहारी ने विनय से कहा, ''मीलित, विशेषोक्ति और अनुप्रास!''

अतिथि हंसे। काका अप्रतिभ हुए। बोले झेंपकर, ''यह तुम्हारा ही है?''

''मरतु प्यास पिंजरा परयौ, सुआ समै के फेर।

आदर, दै दै बोलियतु, बाइस बलि की बेर।[1]

भाभी के भैया के मुख पर एक अपमान की लहर-सी दौड़ गई। बिहारी को सुख हुआ। उसने स्वयं कहा, ''इसमें तो अनुप्रास की छटा लगती है। अन्योक्ति भी!''

पर वे न बोले। काका बोले, ''ठीक है।''

बिहारी ने कहा :

'करि फुलेल को आचमनु, मीठौ कहत सराहि।

रे गंधी! मति अन्ध तू, इतर दिखावत काहि।''[2]

अतिथि पर सीधी चोट पड़ी। पी गए। बोले, ''खूब कहा।''

उन्हें जैसे प्रमाणित करना पड़ा कि यह चोट उन पर नहीं, असल में काका पर हुई थी। पर बिहारी का मन नहीं भरा। वह अपनी राय में यहां व्यर्थ सुना रहा था। बिहारी ने फिर कहा :

''जदापि पुराने, बक तऊ, सरवर निपट कुचाल।

नए भये तु कहा भयौ, ये मनहरन मराल।''[3]

सूखे मुंह से अतिथि ने कहा, ''बहुत अच्छे। बहुत अच्छे।''

इस समय तक सब में दिलचस्पी आ गई थी। काका समझ नहीं पा रहे थे कि क्या कहें। बिहारी ने मौन देखकर कहा :

''कर लै सूंघि सराहि तू, रहे सबै गहि मौनु।

गंधी अंध, गुलाब कौ, गंवई गाहकु कौनु।''[4]

काका ने आश्चर्य से उसकी ओर देखा।

---

1. समय के फेर से तोता पिंजरे में प्यासा मर जाता है, पर श्राद्धपक्ष में कौए भी आदर से बुलाए जाते हैं।

2. यहां इत्र का आचमन करके प्रशंसा की जाती है। और गंधी! तू मूर्ख है, तू भला किसे इत्र दिखा रहा है।

3. हे सरोवर! पुराने बगुले हैं, तो क्या इन पर ममता कर रहे हो? हम नए हैं पर हैं तो मनहरण वाले हंस।

4. ओ गंधी! यहां क्यों आ गए। पहले इन्होंने इत्र हाथ में लिया, फिर सूंघा, तारीफ की, पर खरीदने के वक्त चुप हो गए।

बिहारी के मन की आग ठण्डी नहीं हुई थी। उसी ने धीरे से कहा, ''यह भी अन्योक्ति है।''

बिहारी ने काका की ओर देखा। बोले, ''चलो भइया। अब देर हुई। इन्हें अब सोने दो।''

अतिथि ने गौरव से एक अशर्फी निकालकर हथेली पर रखी और दूसरे हाथ को जोड़कर बिहारी की ओर भेंट को बढ़ा दी।

''ले लो,'' काका ने व्यंग्य किया। उनका मन इस समय कटा हुआ था ही।

बिहारी ने कहा, ''नहीं, नहीं, मैं इस योग्य नहीं।''

''हमारी भी तो सुनिए!'' अतिथि ने कहा।

बिहारी ने कहा :

> ''अनियारे, दीरघ दृगनु, किती न तरुनि समान,
> वह चितवनि औरै कछु, जिहि बस होत सुजान!''[1]

काका शृंगार सुनकर फिर उछल पड़े।

बोले, ''अरे! वाह-वाह! कमाल कर दिया। क्या बात कही है! हेतु-उत्प्रेक्षा! धन्य है, धन्य है! बस, ले लो अशर्फी।''

बिहारी ने उनकी ओर प्रश्नवाचक दृष्टि से देखा। और बोला, ''हेतूत्प्रेक्षा नहीं काका! अतिशयोक्ति!''

काका बोले, ''हां-हां, मैं वही कहने वाला था।''

बिहारी ने अशर्फी उठा ली। काका बोले, ''देखा न? फायदा करा दिया कविराइ!''

बिहारी के तीर-सा लगा, उसने अशर्फी उछाली और वह गिरी जाकर द्वार पर बैठे नाई की गोद में।

नाई ने आशीष देकर उठा ली। काका ने चिढ़कर कहा, ''खूब दानी हो!''

बिहारी ने कहा :

> ''चितु दै देखि चकोर त्यौं, तीजै भजै न भूख।
> चिनगी चुगै अंगार की, चुगै कि चन्द मयूख''[2]

---

1. विशाल नुकीले नयनों वाली कितनी स्त्रियां नहीं हैं, पर वह और ही होती है जिसकी आंख देखकर सुजान वशीभूत होता है।

2. चकोर या तो अंगार खाता है या चंद्रकिरण। ध्यान से देखो वह और कुछ नहीं खाता।

बिहारी चल पड़ा, रुका नहीं। उसका सिर उठा हुआ था।

पीछे से अतिथि ने कहा, 'अनुप्रास और अन्योक्ति।''

बिहारी चला आया। अतिथि ने कहा, ''एक दिन यह बहुत बड़ा कवि बनेगा।''

काका ने मुंह बिचकाकर कहा, ''मुफ्त की मिल जाती है न? तभी इतनी ठसक है।''

4

दक्खिन की लड़ाई खतम हो चुकी थी। शाहज़ादे खुर्रम और खुद शाहंशाह जहांगीर ने वहां जाकर सेना का संचालन किया था। अहमदनगर और बीजापुर के शासक झुक गए थे। शाहंशाह का झण्डा दक्षिण में अपराजित रूप से फहराने लगा था। पंजाब का भयानक ताऊन उत्तर भारत में भी फैल गया था। सैकड़ों लोग मर रहे थे। धीरे-धीरे वह बाढ़ उतर गई। विधाता की भयानक मार ने लोगों को जर्जर कर दिया। बिहारी ने देखा और लिखा :

जिन दि देखे वे कुसुम, गई सु बीति बहार।

अब अलि रही गुलाब में, अपत कंटीली डार।[1]

लोगों ने अन्योक्ति को नहीं समझा, परन्तु भाव वे समझ गए। वे उजड़ गए थे। बिहारी का मन भी अत्यन्त दुखी था।

किसानों पर करों का भयानक बोझ था। वे गरीब होते जा रहे थे। बिहारी ने लिखा :

कहैं इहैं सब स्रुति सुमृति, इहै समाने लोग।

तीन दबावत निसक ही, राजा, पातक, रोग।[2]

जैसे लोगों के मन की बात उभर आई थी। रोग वे देख चुके थे, राजा

---

1. हे अलि, अब तो इस गुलाब की डाल में कांटे ही बच रहे हैं। वे दिन बीत गए जब इमसें फूल थे।

2. राजा, पाप और रोग निस्संकोच सबको दबा लेते हैं, यह श्रुति पुराण कहते हैं।

को वे देख रहे थे। बिहारी का स्वर लोगों में गूंजने लगा। दीनों का जीवन अत्यन्त कठिन था।

कारीगर गरीब हो रहे थे। उन पर तूरानी और ईरानी दलाल अभी तक लदे हुए थे। बिहारी को चारों ओर अपमान दिखाई देता था। उसके पास कुछ नहीं था। वह पराश्रित था। हाथ में कलम के सिवाय उसके निकट कुछ नहीं था। सुशीला थी, किन्तु वह भी अत्यन्त खिन्न रहती। ससुराल में रहते अब छह वर्ष बीत चुके थे।

मुगल वैभव अपने सम्पूर्ण मद से छाया हुआ था। अपने हिसाब से जहांगीर ने कर भी माफ किए थे; महसूल बन्द करके व्यापार भी बढ़ाया था; सराएं, मदरसे और अस्पताल खुलवाए थे, कुएं खुदवाए थे, न्याय के लिए स्वयं तत्पर रहता था, किन्तु वैभव की लूट भी अखण्ड थी। बिहारी देखता था, किन्तु कुछ समझ नहीं पाता था। वह इसे व्यक्तिगत गुण-दोष के अन्तर्गत रखकर देखता था।

और इधर ससुराल का जीवन एक भार ही था जो उसके आत्मसम्मान को अब कचोटने लगा था।

बिहारी ऊब चला था। वह चुपचाप आकाश को देख रहा था।

सुशीला ने कहा, ''क्या सोच रहे हो?''

आकाश में पक्षी उड़ रहा था। साथ में उसकी प्रिया थी।

''देखती हो?''

उसने देखा।

बिहारी ने कहा, ''सब दुखी हैं, सब दुखी हैं सुशीला।''

हठात् उसके मुख से निकला :

> ''पटु पांखै, भखु कांकरैं, सपर परेई संग।
> सुखी परेबा पुहुमि मैं, एकै तुही विहंग।''[1]

सुशीला ने आंखों में आंसू भरकर कहा, ''सचमुच! न वे कपड़ों के लिए मुहताज हैं, क्योंकि भगवान ने उन्हें वे दे दिए हैं। प्रिय साथ है, कितनी सुखी है वह? और खाने को कंकड़ कहां नहीं मिल जाते।''

फिर रुककर कहा, ''सुनते हो! मैं यहां नहीं रहूंगी। कहीं भी चलो। जैसे होगा गुजर कर लेंगे, पर इस अपमान से तो बच जाएंगे।''

---

1. हे पक्षी! एक तू ही इस पृथ्वी पर सुखी है क्योंकि तेरे पंख ही तेरे वस्त्र हैं, तू कंकड़ खा लेता है और पंखों वाली ही तेरी प्रिया साथ है।

बिहारी उठ खड़ा हुआ।

उसने स्वामी नरहरिदास को पत्र लिखा :

संगति दोष लगै सबनु, कहेति सांचे वैन।

कुटिल-बंक-भुव संग भए, कुटिल-बंक गति नैन।।

वे न इहां नागर बढ़ी, जिन आदर तो आब।

फूल्यौ अनफूल्यौ भयौ, गंवई-गांव गुलाब।।

चल्यो जाइ ह्वां को करै, हाथिनु को व्यापार।

नहिं जानतु, इति पुर बसैं, धोबी, ओड़, कुम्हार।।

मरतु प्यास पिंजरा पर्यौ, सुआ समै के फेर।

आदर दै दै बोलियतु, बाइसु बलि की बेर।।

सबै हंसत कर तारि दै, नागरता के नांव।

गयौ गरबु गुन कौं सबु, गएं गंवारें गांव।।

सीतलतारु सुवास कौ, घटै न महिमा मूरु।

पीनस वारे ज्यौं तज्यौ, सोरा जानि कपूरु।।[1]

सुशीला पढ़ती रही। आज उसे अपने पति पर कुछ गर्व हुआ। बिहारी अभी कुछ सोच रहा था।

बोली, 'चलने के लिए समय तो ठीक है, हेमंत बीत रहा है। दिन कितना छोटा हो गया है।''

बिहारी ने लिखा :

आवत जात न जानिए, तेजहिं तजि सियरान

घरतिं जंवाई लौ घट्यौ, खरौ पूस दिन मान।[2]

उसके मुख पर प्रसन्नता और तृप्ति दिखाई दी।

---

1. संगत के दोष से दोष लगता है, यह सच बात है। भौंहें टेढ़ी होती हैं जिनके संग नयन भी ढेढ़ा देखते हैं। अरे गुलाब, इस गंवई गांव में तेरा फूलना भी बेकार हो गया है। यहां तेरा आदर कौन करे? हाथियों का व्यापार यहां करते हो? जाओ। यहां धोबी, ओड़ और कुम्हार रहते हैं। समय के फेर से तोता पिंजरे में प्यासा मरता है और कौए श्राद्ध के कारण बार-बार बुलाए जाते हैं। जहां लोग नागरता के नाम पर ताली बजाकर हंसते हैं, वहां अपना गुण-गर्व स्वयं मिट जाता है। कपूर को पीनस का रोगी गन्धहीन समझकर त्याग दे, तो भी उसकी शीतलता और गंध में अन्तर नहीं पड़ता।

2. पूस का दिन आता-जाता नहीं दीखता, तेजहीन है, इतना छोटा हो गया है; जैसे ससुराल में रहने वाले दामाद का मान और तेज घट जाता है।

"ठीक है?" उसने पूछा।

"यह क्या लिख दिया तुमने? इसमें तो साफ दीख गया सब! क्यों?" सुशीला ने कहा, "स्वामी जी क्या सोचेंगे!"

"तभी तो सोचेंगे।" बिहारी ने कहा, "वे मेरे दीक्षागुरु हैं, उनसे मैं क्या छिपाऊं!"

"फिर अब?"

"देखो, कुछ होगा ही।"

बिहारी ने कहा तो, परन्तु क्या होगा, यह वह कुछ नहीं कह सकता था। किन्तु कुछ भी हो, यहां का जीवन अब उसके लिए बहुत कठिन हो गया था।

और इस जीवन का कोई अब तात्पर्य भी नहीं था। इस मूर्खता के बीच पड़े रहने से लाभ ही क्या था !

उसने कहा, "सुशीला! यों भी तो काम नहीं चलता। अब मैं छोटा भी तो नहीं रहा।"

दुपहर बीत गई।

एक ठाकुर का हरकारा जाता था। ब्राह्मण जानकर बिहारी का पत्र भी पहुंचाने का जिम्मा उसने ले लिया।

रात को बिहारी ने कहा, "सुशीला! अब मैं धन कमाऊंगा। उठूंगा और तब यह सब देखना, जो मेरा अपमान करते हैं, वे ही मेरे सामने खड़े रहेंगे।"

सुशीला ने अविश्वास से देखा, जैसे वह कुछ नई बात सुन रही थी।

जायदाद नहीं, कुछ नहीं! फिर कैसे होगा यह सब!

परन्तु दूसरे दिन की भोर पहले की-सी ही हुई। उसमें कोई नवीनता नहीं थी।

दो महीने बीत गए।

सुशीला रोज कहती, "कोई जवाब नहीं आया।"

बिहारी को याद आया। बैरागी को प्रीत कहां होती है।

बहुत दिन बाद आज उसने तम्बूरा छेड़ा। कुछ ही देर में सब आ इकट्ठे हुए। आज बिहारी गा रहा था। क्यों? कैसा अच्छा गाता था। किन्तु सुशीला के मन में आशा निराशा में बदल चली।

तीसरे दिन सुबह हो चली थी। एक आदमी ने आकर कहा, "बिहारीलाल चौबे यहीं रहते हैं?"

बिहारी ने कहा, "हां मैं ही हूं।"

आगन्तुक ने हाथ जोड़े।

'मैं ठाकुर भूदेवसिंह हूं। स्वामी नरहरिदास के दर्शन करने गया था। लौटते समय उन्होंने इधर से जाने की आज्ञा दी।''

"स्वामी जी! तो उन्होंने सुन ली?''

"यह पत्र दिया है।''

"अब किधर को जा रहे हैं?''

"अपने गांव। बस घड़ी-भर का रास्ता है मथुरा से।''

"रोटी खाते जाइए।''

"ब्राह्मण का आशीर्वाद बहुत है।''

उसने घोड़ा बढ़ाया। बिहारी ने कहा, ''आपने बहुत कष्ट उठाया।''

वह हंसा और चला गया। बिहारी का मन उछलने लगा। क्या होगा। पत्र को लिए वह क्षण-भर देखता रहा। फिर उसने उसे धीरे से खोल डाला। तब बिहारी ने पढ़ा :

"चले आओ। कोई न कोई प्रबन्ध किया ही जाएगा।''

वह प्रसन्न हो उठा।

सुशीला ने जाने कहां से झांक लिया। मौका निकालकर आ गई पत्र देखा तो आंखें चमक उठीं।

"मुझे ले चलोगे न?''

"तुम्हें? अभी क्या प्रबन्ध है वहां? खाएंगे क्या?''

वह गई। पांच अशर्फियां ले आई। फिर कहा, ''यह मैंने बचा रखी थीं। ऐसे ही दिन के लिए। जानती हूं, तुम्हें तब न देकर मैंने कष्ट दिया। पर बताओ मैंने ठीक किया न? आज क्या करते?''

बिहारी ने उसका हाथ कृतज्ञता से पकड़ लिया।

"मुझे ले चलोगे न?'' उसने फिर कहा, ''मैं यहां परायों में कैसे रहूंगी?''

अपना विवाह लड़की को मायके में पराया नहीं बनाती, बनाता है भाई का विवाह—भाभी!

दूसरे ही दिन वे चल पड़े।

तीन

महात्मा चिद्रूप के दर्शन करने स्वयं शाहंशाह जहांगीर आए। चारों ओर कोलाहल हो उठा। बादशाह के तामझाम आगे बढ़े। स्वामी नरहरिदास से बादशाह मिले। साथ में था शाहज़ादा खुर्रम गोरा, खूबसूरत, मजबूत। दक्खिन उसने जीता था। उसके उन्नत ललाट पर उसके उज्ज्वल भविष्य की दीप्ति दिखाई देती थी।

बादशाह के विशाल लश्कर को बिहारी ने देखा तो वैभव को देखता ही रह गया।

सुशीला ने कहा, ''आजकल तो हमें वहां घुसने की भी आज्ञा नहीं मिलेगी।''

तेईस वर्ष का था बिहारी। सुन्दर!

सुशीला ने कहा, ''कब जाओगे?''

''अभी।''

''तुम्हारे पास कपड़े तो कीमती नहीं।''

''साफ तो हैं। मुझे और जरूरत भी क्या है? मैं तो ब्राह्मण हूं।''

यह एक अलग गर्व था।

उसने फिर कहा :

  ''जाके एका एक हूं जग ब्यौसाई न कोइ।

  सो निदाघ फूलै फरै आकु डह डहौ होइ।''[1]

और फिर उसने सहसा ही उसका हाथ पकड़कर कहा :

---

1. जिसका कोई सहायक नहीं होता, व्यवसाय नहीं होता, वह आक भी निदाघ में भी हरा-भरा रहता है। ईश्वर ही सबका रखवाला है। भला गर्मी में तो बाकी सब सींचे हुए पेड़ भी कुम्हला जाते हैं।

"दीरघ सांस ने लेहु दुख, सुख साई हिं न भूलि।
दई-दई क्यों करतु है, दई-दई सु कुबूलि।[1]

सुशीला ने कहा, "वहां बादशाह होंगे?"

"हां, हैं। और बड़े-बड़े उमराव लोग होंगे?"

"तुम उनके बीच जाओगे?" सुशीला ने उसकी ओर देखा। आंखों में अविश्वास था।

"क्यों?"

"कुछ नहीं।"

"मुझे बताओ न?"

"यों ही सोचती थी।"

"बताती क्यों नहीं?"

"और भी बड़े-बड़े कवि होंगे वहां।"

"मंडल, हरनाथ, प्रसिद्ध, होलहाय, तारा, मुकुन्द और पंडितराज जगन्नाथ! बादशाह के यहां क्या कमी है! गंग थे। मारे गए।"

"कैसे?"

"बादशाह ने हाथी से कुचलवा दिया।"

सुशीला कांप उठी।

पूछा, "क्यों?"

"बादशाह नाराज हो गए थे। गंग दबङ्ग थे।"

"ऐसों को रहने दो। इन लोगों का क्या ठीक! आज खुश, कल नाराज! हम तो गरीब ही भले।"

बिहारी हंसा। बोला, "राजा और कवि की चोट तो सदा से होती आई है। तुम डरती हो। पहले समयों में कैसे-कैसे राजा थे। विक्रमादित्य! एक से एक टक्कर के महाकवि इनकी सभाओं में रहते थे। अकबर शाह के यहां भी बड़े-बड़े लोग इकट्ठे हुए, किन्तु नवरत्न का दर्जा कोई हिन्दु कवि नहीं पा सका। वैसे खानखाना तो थे।"

"पर मुझे तुम्हारी ओर देखकर अचरज होता है। तुम तो अभी बहुत छोटे हो। तुम मुझसे दो ही बरस तो बड़े हो!"

---

1. दुख में दीर्घ श्वास मत लो, सुख में साई को मत भूल। देव-देव करके क्यों पुकारता है, विधि में जो दिया उसे ही कबूल कर।

"तुम ऐसी कौन-सी छोटी हो।"

वह हंस दी। बोली, "देखो! वहां किसी से कुछ कहना नहीं।"

"जैसे मैं तो सबसे कुछ कहता फिरता हूं।"

बिहारी ने अपने केशों में कंघी फेरी और सिर पर पगड़ी रखी।

सुशीला ने मन मारकर देखा। जब वह निकलकर गया, तब, तब तक देखती रही, जब तक वह दिखाई देता रहा।

जब वह स्वामी नरहरिदास की कुटी पर पहुंचा, देखा, बाहर बड़े-बड़े अफसरान खड़े थे। ऊंची मूंछें, ऊंचे गलमुच्छ ही दिखाई देते थे। हर एक की चाल में अकड़ थी।

बिहारी मस्त चाल से चलता हुआ द्वार के पास पहुंच गया।

चोबदार आगे बढ़ा, "कौन है?"

"हर स्वामी जी के दर्शन करना चाहते हैं।"

"इस वक्त साहबेआलम शाहज़ादे खुर्रम स्वामी जी के पास हैं। कोई भीतर नहीं जा सकता।"

बिहारी लाल ने क्षण-भर सोचा और फिर नरहरिदास का पत्र निकालकर कहा, "इसे इसी वक्त भीतर पहुंच दो।"

चोबदार ने एक दूसरे व्यक्ति की ओर देखा। वह पत्र लेकर भीतर चला गया।

बिहारी खड़ा रहा। एक राजपूत सामन्त पास आया और बोला, "क्या बात है पण्डित!"

बिहारी ने कहा :

> "प्यासे दुपहर जेठ के फिर सबै जलु सोधि।
> मरुधर पाय मतीरहीं, मारू कहत पयोधि।"[1]

राजपूत बिगड़ा। बोला, "कवि हो! पर हमें मतीरा कहते हो?"

बिहारी ने हंसकर कहा, "शाहों के यहां बड़े-बड़े कवि होते हैं। पर यहां कोई नहीं। आप मुझसे ही काम चला लें, इसलिए मैंने अपने को ही कहा है।"

राजपूत ने हंसकर कहा, "बहुत अच्छा कहा। आदमी गहरे हो। कह भी गए और बना भी लिया।"

---

1. जेठ मास की तपती दुपहर में रेगिस्तान के निवासी सब ओर जल की खोज करते फिरते हैं। जब उन्हें तरबूज मिल जाता है तो उसी को समुद्र मान लेते हैं।

चोबदार ने भीतर से आकर सलाम किया। राजपूत ने आश्चर्य से देखा। यह पण्डित नितान्त साधारण वस्त्र पहने! इसे शाहज़ादा खुर्रम का आदमी सलाम करे! वह पीछे हट गया।

चोबदार ने कहा, ''आइए।''

बिहारी ने भीतर प्रवेश कियका।

स्वामी नरहरिदास अपने कुशासन पर बैठे थे। शाहज़ादा खुर्रम घुटने मोड़े बैठे थे एक कम्बल पर। भारत की इस परम्परा को अकबर ने जीवित रखा था। वह विद्वानों के सामने स्वयं ऐसे ही बैठता था, उनका आदर करता था। ब्राह्मण इसलिए मुगलों से प्रसन्न थे।

बिहारी ने स्वामी नरहरिदास को साष्टांग दण्डवत की।

स्वामी जी ने कहा, ''शाहज़ादा!''

बिहारी ने कोर्निश की अशर्फी भेंट की। शाहज़ादे ने उसे छू दिया।

''बैठो, बिहारीलाल,'' स्वामी जी ने कहा।

बैठने को वहां कुछ न था। बिहारी ने कमर का पटुका अपना बिछाया और बैठ गया।

''मैंने कहा था न, '' स्वामी जी ने खुर्रम से कहा, ''यही है वह बिहारी। बड़ा होनहार है।'' फिर कहा, ''बिहारी! सुनाओगे, कुछ तो कहो?''

बिहारी ने देखा। खुर्रम की गहरी आंखें सहसा ही उस पर अटक गईं। शाहज़ादे के गले में बड़े-बड़े मोतियों की माला झूल रही थी। उसके नयनों में कैसा अधिकार था, मानो वह कितना स्फुरित था।

बिहारी ने कहा, ''लाया तो नहीं, गुरुदेव!''

शाहज़ादा तिरछी दृष्टि से देख रहा था, क्योंकि बिहारी के लिए मुड़ना उसके लिए भला उचित क्यों कर होता!

बिहारी ने कहा :

> ''गढ़ रचना बरुनि, अलक, चितवनि, भौंह, कमान।
>
> आधु बंकाई हीं चढ़ैं, तरुनि तुरंगम, तान।''[1]

सहसा शाहज़ादा पुलक उठा। उसने मुड़कर कहा, ''वाह! वाह! क्या कहा है! स्वामी जी! दीपक अलंकार है। क्या बात है। गागर में सागर भर दी है।''

---

1. किले की रचना, बरौनियां, केश, दृष्टि, भौंह, कमान, तरुणी, घोड़ा और गीत में जब तक बंकिमता नहीं आती, तब तक उनका मूल्य नहीं बढ़ता।

बिहारी को आश्चर्य हुआ। यह शाहज़ादा इतना पढ़ा-लिखा है। फिर याद आया कि यह तो संस्कृत पढ़ा है, अपने यहां पण्डितराज जगन्नाथ को शरण दी है। मन हल्का हो गया।

''और सुनाइए कविराइ,'' शाहज़ादा ने प्रसन्नता से कहा, ''दोहा लिखना तो बहुत कठिन काम है।''

बिहारी ने हाथ जोड़कर कहा, ''मैं किस योग्य हूं साहबे आलम!

'बड़े न हूजै गुनन बिनु, बिरुद बड़ाई पाइ।

कहत धतूरे सौं कनकु, गहनौ गढ़्यौ न जाई।''[1]

शाहज़ादा मुड़कर स्वामी नरहरिदास से बोला, ''इतनी कम उम्र में इतना मंजा हुआ हाथ! आपने तो मुझसे बहुत कम कहा। कविराइ! कल मेरे यहां पधारे!''

यह प्रश्न था, किन्तु आज्ञा के रूप में।

बिहारी ने सिर झुकाकर कहा, ''जैसी आज्ञा।''

शाहज़ादे ने कहा, ''मुझे तलवार और कविता दो ही शौक हैं, या फिर पहुंचे हुए लोगों का दर्शन करना।'' फिर उसने कहा :

''यह न रहीम सराहिये, देन लेन की प्रीति।

प्रानन बाजी राखिए, हारि होय कै जीति।''

फिर मुड़कर स्वामी जी से कहा, ''महाराज खानखाना कहते हैं :

यद्यात्रया व्यापकता हता तेभि दैकता

वाकू   परता   च   स्तुत्या।

ध्यायेन बुद्धेः परतः परेशं जात्या—

जताक्षन्तु मिहार्हसित्वम।[2]

स्वामी नरहरिदास के नयनों में विभोर तन्मयता छा गई। बोले, ''बिहारी! देखते हो शाहज़ादा का काव्यानुराग! अभी तुमने गाया नहीं है।''

''गाते भी हैं?''

''मैं कुछ नहीं करता,'' बिहारी ने कहा।

---

1. गुण बिना कोई बड़ा नहीं हो जाता, भले ही उसकी बहुत अधिक प्रशंसा की जाए। धूतरे को कनक कहते हैं, पर क्या उससे गहना गढ़ा जा सकता है?

2. यात्रा करके मैंने आपकी व्यापकता, भेद से एकता, स्तुति करके वाक्परता, ध्यान करके आपका बुद्धि से दूर होना और जाति निश्चित करके आपका अजातिपन नाश किया है, सो हे ईश्वर! आप इन अपराधों को क्षमा करें।

"तंत्री नाद, कवित्त रस, सरस राग रतिरंग।

अनबूड़े, बूड़े, तिरे, जे बूड़े सब अंग।"[1]

शाहज़ादा झूम उठा। उसने कहा, "कमाल कर दिया कविराइ! स्वामी जी! उम्र देखकर तो अन्दाज भी नहीं होता।"

स्वामी नरहरिदास मुस्करा दिए।

शाहज़ादे ने फिर कहा, "तो फिर मुझे चलने की आज्ञा दें।"

वह उठ खड़ा हुआ। स्वामी नरहरिदास भी उठ खड़े हुए।

शाहज़ादे को वे द्वार तक छोड़ गए।

लोगों ने देखा वही साधारण वस्त्र पहने हुए युवक ब्राह्मण शाहज़ादा खुर्रम के साथ आ रहा था और उससे तल्लीन होकर वार्तालाप कर रहा था। वे ज्यों-ज्यों बढ़ते गए, दोनों ओर के लोगों के सिर झुकते चले गए। बिहारी का मन भीतर-ही-भीतर गर्व से फूल रहा था, बाहर मानो कुछ नहीं हुआ था।

"तो" शाहज़ादे ने कहा, "कल?"

"जो हुक्म साहेबेआलम!"

शाहज़ादे ने गले में मोतियों का हार उतारा और बिहारी के हाथों पर रख दिया।

बिहारी के नेत्रों में कृतज्ञता से आंसू-से आ गए। गला रुंध गया।

"क्यों कविराज़?" शाहज़ादे ने पूछा।

"सोचता था कि जिस कविता को लोग सुनकर भी व्यर्थ समझते थे, उसका कहीं पारखी के हाथों इतना मोल भी हो सकता है!"

शाहज़ादे ने गर्व और कृपा से सिर हिलाकर कहा, "कल आओगे न! और भी कविता लाना।"

बाहर तुरही बजने लगी थी। शाहज़ादे के आगमन के नारे गूंजने लगे थे।

धीरे-धीरे सब चले गए।

बिहारी नरहरिदास के चरणों पर जाकर लोट गया। नरहरिदास ने कहा, "उठ बिहारी। अभी तो कुछ भी नहीं हुआ। इसी भविष्य के लिए विधाता ने तुझे ससुराल में रहने का दुख दिया था, ताकि तू जीवन को समझ सके। उठ! और लोक को जगा। अब तेरे सामने पथ खुल गया है।"

---

1. वीणा का स्वर, कविता का रस, रसानुभूति और प्रेम में जो डूबे हैं, वे ही भवसागर पार कर सके हैं। जो नहीं डूबते, वे इसमें डूबकर फंसे रह जाते हैं।

बिहारी ने सुना और कहा, ''गुरुदेव! यह सब मेरा नहीं, आपका ही प्रताप है।''

गुरुदेव मुस्करा दिए।

2

सुशीला बैठी थी। तभी एक पड़ोसिन ने आकर कहा, ''तुम ही कविराइ बिहारी की घरवाली हो?''

पड़ोसिन और अपरिचिता! यह कैसे जानती है? शंका से उसका मन दहल गया। बोली, ''हां, क्यों?''

''हां, हां,'' पड़ोसिन ने पास बैठते हुए कहा, ''तो इतना घबराती क्यों हो? तुम तो बहुत बड़े आदमी की घरवाली ठहरीं।''

सुशीला समझी नहीं।

''शाहज़ादा खुर्रम तो बड़े खुश हुए उनकी कविता सुनकर!''

शाहज़ादा कुछ करे, उसकी खबर बिजली की तरह कौंध गई थी।

''बड़े भाग, दूधो नहाओ, पूतो फलो, का आशीर्वाद देकर वह चली गई। परन्तु सुशीला का मन अब कल्पना-लोक में डूब गया। शाहज़ादा प्रसन्न हुआ! कैसे? वह मन-ही-मन बिलबिला उठी कि उसने उस स्त्री से सब कुछ विस्तार से क्यों नहीं पूछा। न जाने उसको तब क्या हो गया था! क्या वह इतने बड़े व्यक्ति की पत्नी है?

उसे अपने ऊपर विश्वास नहीं हुआ। क्या यह हो सकता है? एक-एक करके अपनी मुसीबत के दिन उसकी आंखों के सामने से फिर गुजर गए। मायके में एक-एक चीज के लिए कैसे हाथ पसारना पड़ता था। कैसे खुशामदें करनी पड़ती थीं। पर यह सब क्या सच है?

वह उठी। उसने पति के कागज देखे। कविताएं पढ़ीं। आज उसे वे अक्षर असाधारण प्रतीत हुए। एक दिन बिहारी ने कहा था, 'मेरे पास यही है सुशीला। इसे अक्षर कहते हैं। अक्षर वह है जो कभी नष्ट नहीं होता। मैं दुनिया के किसी व्यवसाय में नहीं हूं, मेरे पास कोई भी अधिकार नहीं है। किसी का भी काम

◆ मेरी भव बाधा हरो / 47 ◆

मेरे बिना रुका नहीं रहता। किन्तु मेरे पास जो है, वह कोई सीखकर नहीं कर सकता। यह दैवी धन है। मैं लिखता हूं, मुझे सुख होता है। क्या मैं इसे छोड़ दूं? सचमुच, इस दरिद्रता से तो सब कुछ छोड़ देना ही अच्छा है। मैं तुम्हारा दर्द नहीं देख सकता।'

तब सुशीला ने आंखों में आंसू भरकर कहा था, ''तुम्हें जिसमें सुख होता है, वही मेरा भी सुख है। मैं जानती हूं कि कविता करना बहुत ही कठिन काम है। मैं तुम्हारे रास्ते में अड़चन बनकर नहीं रहना चाहती। तुम वही करो जिसमें तुम्हें सुख मिलता हो।'

बिहारी ने उसे कितनी कृतज्ञ आंखों से देखा था।

उसे यह भी ज्ञात नहीं हुआ कि कब उसका पति भीतर आ गया।

उसने केवल सुना, ''सुशीला!''

वही स्वर! वह चौंक उठी।

''कौन?''

''मैं आ गया हूं।''

उसके स्वर में कितना हर्ष था।

द्वार पर खड़ी हुई तो पहली दृष्टि पड़ी—मोतियों के भारी हार पर। पंचलड़ी! चमकते मोती पानीदार! बड़े-बड़े। लाखों से कम के क्या होंगे?

वह ठिठकी खड़ी रह गई।

बिहारी ने बढ़कर हाथ पकड़ लिए। आज वह ऐसे सकुच गई, जैसे वह कोई बहुत छोटी चीज थी जो किसी महान के सामने आ गई थी। बिहारी ने उसे अपने वक्ष से लगाकर कहा, ''आज कष्टों का अन्त हो गया सुशील!''

बोली नहीं। बड़ी-बड़ी आंखों से देखती-भर रही। अपने पति को जैसे आंखों में भर लेना चाहती थी। विभोर-सी।

तब बिहारी ने उसे बिछा लिया और सुनाने लगा। कैसे वह वहां गया, क्या हुआ? सब कुछ उसने अन्त तक ब्यौरेवार सुनाया। एक-एक शब्द वह पीती रही। फिर मानो तृप्त हो गई।

बिहारी ने कहा, ''यह सब किस कारण हो सका सुशीला! जानती हो न?''

''तुम महाकवि हो!''

''नहीं, सुशील! तुम सचमुच मेरी शक्ति हो :

नर की अरु नलनीर की, गति एकै करि जोइ।

जे तौ नीचै है चलै तो तौ ऊंचौ होइ।"[1]

"रहने दो तुम," सुशीला ने कहा, "झूठी तारिफ करते हो मेरी। मैंने तुम्हें सुना-सुनाकर कितना दुख नहीं दिया।" फिर जैसे वह व्यावहारिक जगत् में लौट आई। बोली, "कल कब जाओगे?"

"जब सिपाही आएगा।"

"सिपाही!" वह चौंक उठी।

"हां, हां, वही तो खबर देगा।"

"उसे कैसे पता चलेगा कि हम यहां रहते हैं? तुमने शाहज़ादा को बताया होगा।"

बिहारी हंसा। बोला, "शाहज़ादा क्या यह पूछते? वे तो बस इतना कहेंगे बिहारीलाल कविराइ को हाजिर किया जाए। अपने-आप सिपाही ढूंढ़ लू जाएंगे।"

वह हंसा और वह भी हंसी।

दूसरे दिन सचमुच जब सिपाही पालकी वालों के साथ आया, सारा मुहल्ला बाहर निकल आया।

एक अफसर ने अदब से कहा, "कविराइ विराजिए।

पालकी चल पड़ी। सुशीला किवाड़ों की ओट से देखती रही।

विशाल तम्बू था, मानो एक विशाल प्रकोष्ठ हो। उसमें काश्मीरी और ईरानी कालीन बिछे थे। उसमें बेशकीमती पर्दे लटके थे। फानूस और कंबलों का प्रकाश मनोहरतम बना रहा था। शाहज़ादा रेशमी गद्दे पर बैठा था और पीछे तकिए लग रहे थे। इत्रों से महक उठ रही थी। सामने मीठी शराब रखी थी। बांदियां पंखा झल रही थीं। एक बैठी पान लगा रही थी। एक से एक बढ़कर सुन्दरी थीं।

बिहारी ने कोर्निश की।

"आओ, आओ कविराइ!" शाहज़ादे ने प्रसन्नता से कहा। आज्ञा पाकर सामने बिहारी बैठ गया। सुन्दरी बांदी ने शाहज़ादे को मुस्कराकर पान दिया। शाहज़ादे ने उसे देखा और इशारा किया।

---

1. पुरुष और नल के पानी की एक-सी गति होती है। जितना ही नीचा होकर चलता है, उतना ही ऊंचा हो जाता है। विनम्र ही उच्च और श्रेष्ठ होता है।

थोड़ी-सी अंगूरी गले में उतरते ही वह पुलक उठा और बोला, ''कविराइ! रसों का राजा कौन!''

बिहारी ने देखा कि सुन्दरियां उसे मुस्कराकर देख रही थीं।

''हां, हां,'' शाहज़ादा ने कहा, ''यह जोधपुर की है। बड़ा अच्छा नाचती है। देखोगे!''

शाहज़ादे ने ताली बजाई।

सेवक ने द्वार पर झुककर कोर्निश की।

''नाच का इन्तजाम करो।''

वह 'जो हुक्म' कहकर गया। और कुछ ही देर में साजिंदे आ गए। रंग जम गया।

शाहज़ादे ने कहा, ''आज कविराइ होड़ है। यह ऐसा गाती है कि पूछो नहीं। तुम इसके संगीत को सुनो, यह तुम्हारी कविता सुनेगी। बड़ी पारखिन है।'' शाहज़ादा ने प्रशंसात्मक रूप से सिर हिलाया।

नृत्य प्रारम्भ हो गया।

नर्तकी ने रहीम का बरवै गाया :

'कै गोयम अहवालम, पेश निगार।

तनहा नज़र न आयत, दिल लाचार।''

शाहज़ादा मुग्ध था। बिहारी ने उसे कुछ ही देर में अपने गहरे संगीत-ज्ञान से चकित कर दिया।

नर्तकी चली और पास आ गई।

इजाजत लेकर बैठी।

शाहज़ादा ने कहा, ''कविराइ! वर्णन करो।''

बिहारी में संगीत की माधुरी गूंज रही थी। यहां थी कला की परख। स्वर के एक-एक सूक्ष्मातिसूक्ष्म आरोहण-अवरोहण की जानकारी। बिहारी का मन आज पुलकित था। उसने नर्तकी के सुन्दर पगतलों को देखकर कहा :

''पग पग मग अगमन परत, चरन अरुन दुति झूलि।

ठौर ठौर लखियत उठे, दुपहरिया से फूलि।''[1]

शाहज़ादा मस्त होकर दुहरा उठा। बोला, ''कविराइ! क्या उत्प्रेक्षा है! क्या

---

1. वह चलती है तो मार्ग में एक पग आगे उसके पगों की लाली पड़ने से ऐसा लगता है, मानो दुपहरिया के फूल खिल रहे हों।

पुनरुक्ति है! वाह! वाह! इतना जीवन तो मैंने कहीं देखा ही नहीं। कविराइ, तुम धन्य हो।''

बिहारी ने सलाम किया और कहा :

> ''कौंहर सी एड़ीनु की, लाली देखिए सुभाइ।
>
> पांइ महावरु देइ को, आपु भई बे पांइ।''[1]

शाहज़ादा पुकार उठा, ''उपमा भी कैसी। वाह! यमक भी। कविराइ, तुम धन्य हो!''

यह थी समझदारी। एक-एक बात की पकड़। कलाकार क्या करे? कहां जाए। चितेरे को कौन परखे? संगीतज्ञ को कौन सुने? कवि को कौन समझे? वही, जिसके पास ज्ञान हो। इनके बिना इनका स्थान कहां?

बिहारी ने कहा, ''नरनाथ! इस मर्मज्ञता की प्रशंसा किए बिना नहीं रहा जाता।''

शाहज़ादा मुस्करा उठा।

बिहारी ने कहा, ''चकत्ता के घराने की सुनी बहुत थी, पर जो देखा, उससे अनुभव हुआ कि सुना कम था।''

शाहज़ादा ने कहा, 'हम आगरा जा रहे हैं कल। कविराइ! हमारी आज्ञा है कि हमारे साथ चलेंगे!''

बिहारी ने सिर झुकाकर फिर सलाम किया।

इसी समय एक बांदी हाथ में थाल लाई। वह सोने का थाल था, जिसमें अशफियां भरी थीं। ऊपर से रेशम ढका हुआ था। लाई, बिहारी के सामने रखा। शाहज़ादा ने उसे छू लिया और कहा, ''पालकी में रखवा दो। कविराइ हमारे साथ आगरे जाएंगे। मुगल दरबार में एक हीरा और बढ़ेगा।''

शाहजादा मुस्करा दिया।

एक बांदी शाही पोशाक एक थाल में ले आई।

बिहारी मुगल दरबार का कवि हो गया।

वह कोर्निश करके लौट आया।

सुशीला अवाक् बैठी रही। फिर वह रो पड़ी। हर्ष के आंसू बह निकले। वे क्या थे, वे क्या हो गए थे! आज बिहारी का नाम कौन नहीं जानता था!

---

1. नाइन ने नायिका की एड़ियों में जब महावर लगाया तो वह उनकी कटैहर के फूल जैसी स्वाभाविक ललाई देखकर आश्चर्य में पड़कर अपना करम भूल गई।

आलमपनाह शाहंशाह जहांगीर का लश्कर लौट चला। उसमें बिहारी भी था, सुशीला भी। शाह का पुत्र खुर्रम जिसका रक्षक था, उसे सम्मान कौन नहीं देता!

भाग्य ने करवट बदल ली थी।

बिहारी ने कहा, ''सुशील! बड़ों से ही काम बनता है। छोटों से नहीं :

''कबौं न ओछे नरन सों, सरत बड़न के काम।

मढ़ौ दमामा जात क्यों, कहि चूहं के चाम।''[1]

सुशीला ने कहा, ''सच है। पर वे सब अब आएंगे खुशामद करने।''

''मुझे किसी से बदला नहीं लेना है सुशीला!'' बिहारी ने कहा, ''मुझे अखण्ड साधना के लिए अवकाश चाहिए। यदि वह मुझे मिल सका तो ऐसी सुन्दरता की सृष्टि करूंगा कि लोग देखते रह जाएं।''

महत्त्वाकांक्षा का चन्द्रमा क्षितिज से उठने लगा था।

3

नवाब अब्दुर्रहीम खां खानखाना उस समय 7000 सवारों के मंसबदार थे। किसी भी सरदार को इतना गौरव नहीं मिला था। वे निकट भविष्य में खिलअत, जड़ाऊ तलवार, हाथी और घोड़े स्वयं शाहंशाह से पाकर दक्षिण की सूबेदारी पर विदा होने वाले थे। उन दिनों शेरअफगन की अनिंद्य सुन्दरी बेवा मुगलों की साम्राज्ञी थी और सम्राट जहांगीर शराब के नशे में डूबे रहते थे। नूरजहां शासन करती थी।

खानखाना प्रसिद्ध दानी थे, महाकवि थे। अनेक भाषाएं जानते थे। इनके यहां बड़े-बड़े विद्वान पड़े रहते थे। इतिहास लेखक अब्दुलशकी, मल्ला नज़ीरी नैशापुरी, ख्वाजा सैयद 'उर्फी', अनीसी शायल्द, मीर मगीस याहवी हमदानी, अमीर रफीउद्दीन हैदर 'राफेई' काशनी, काशी सब्जवारी, फाहिमी उर्मिज़ी, मुल्ला महम्मद रज़ा 'नबी', तबरेजी, सामरी, दाखिली इस्फहानी इत्यादि अनेक फारसी-अरबी के

---

1. छोटों से बड़ों के काम नहीं सरते। चूहे की चमड़ी से क्या नगाड़ा मढ़ा जा सकता है?

विद्वानों को खानखाना ने भूरि-भूरि दान दिया। गंग को इन्होंने एक छप्पय पर 36 लाख रुपया दिया था, यह कौन नहीं जानता था। भारतीय कवियों में आसकरन जाडा, केशवदास, हरनाथ, मंडन प्रसिद्ध अलाकुली, तारा, मकुन्द इत्यादि उनके प्रशंसक थे। स्वयं गोस्वामी तुलसीदास ने उनकी मित्रता थी। वे संस्कृत के प्रकाण्ड पण्डित थे और कृष्ण के प्रति कविता लिखते थे। हंसोड़ इतने थे कि एक दिन राजा टोडरमल से यह शर्त लगाकर शतरंज खेलने बैठे कि जो हारे सो जानवर की बोली बोले। हुआ यह कि स्वयं हार गए। खानखाना टालमटोल करके उठने लगे, मगर राजा साहब कहां छोड़नेवाले थे। झट वस्त्र पकड़कर खींचकर बोले, ''पहले आप बिल्ली की बोली बोल जाइए, तब ही जाइए।' खानखाना ने फारसी में कहा, 'मीआयम् मीआयम् मीआयम् अर्थात् आता हूं, आता हूं, आता हूं।' राजा साहब भी यह सुनकर हंस पड़े। यह किस्सा सब जगह प्रचलित था।

खानखाना के पिता बैरामखां ने सिंध से बंगाल तक अपने भुजदण्डों से हिन्दुस्तान जीतकर अकबर को गद्दी पर बिठाया था। स्वयं खानखाना भी साम्राज्य में बहुत ही प्रतिष्ठित व्यक्ति थे। स्वर्गीय अकबर शाह ने उन्हें खानखाना की पदवी ही थी। आज भी वे उसे निभा रहे थे। अत्यन्त सुन्दर देह और विशाल हृदय! वे अपनी मर्मज्ञता के लिए विख्यात थे।

बिहारी से मुगल दरबार में मिले तो अपने यहां आने का निमंत्रण दे दिया। उस दिन सुन्दर और दूलह तथा पंडितराज जगन्नाथ भी निमंत्रित किए गए।

बिहारीलाल प्रसिद्ध हो चुके थे। उनकी तरुणाई देखकर ईर्ष्या और विद्वेष दोनों ही होते थे। वैसे बिहारी में सुशीला को कोई परिवर्तन न दिखाई पड़ा। अब भी वह वैसे ही लिखता था। किन्तु अभाव का अब नाम नहीं था। मुगल दरबार से वृत्ति बंध गई थी।

आजकल जहां आगरे के किले के बाहर वाटरवर्क्स को जाने वाली सड़क है, और उसके पास जो टीले हैं, एक जमाने में उन टीलों की जगह मकान बने हुए थे, जहां अमीर-उमराव रहते थे। वहां कई हवेलियां थीं, जिनमें राजा-महाराजा आकर ठहरा करते थे, क्योंकि दिल्ली अक्सर आना पड़ता था। यह हवेलियां राजाओं की अपनी होती थीं। यहीं बिहारी ने एक हवेली बना ली और रहने लगे।

कपड़े पहनते समय सुशीला आ गई।

बोली, ''जा रहे हो?''

''आज खानखाना ने निमंत्रण दिया है न?''

रेशमी वस्त्रों, सोने, हीरे और मोतियों से सुशीला के रूप पर आंखें नहीं

ठहरती थीं। सेवक-सेविकाओं पर उसकी कृपा दृष्टि रहती।

बोली, "वहां तो कई कवि आएंगे।"

"हां," बिहारी ने कहा। फिर कहा, "रसों में रस तो शृंगार है सुशील!"

"सो तो है," सुशीला ने कहा, "पर कहीं मुझे भूल न जाना। एक से एक बढ़कर सुन्दरी हैं यहां, इसमें तो वह छोटी दुनिया ही भली थी, जहां मुझे कोई डर तो न था। किसी और को तो नहीं ले आओगे!"

"क्या कहती हो!" बिहारी ने कहा, "ऐसा तुम मेरे बारे में सोच सकती हो!"

"वह कौन थी जो कल मुजरा करने आई थी?"

"वह वेश्या है सुशील! तुम कुल नारी हो, घर की शोभा हो। सुन्दर बांदियां तो रखनी ही पड़ती हैं।"

"जानती हूं, पुरुष को सब कुछ चाहिए, मैं मना नहीं करती। ऐसा कौन नहीं करता। स्त्री को तो यह आदत होनी ही चाहिए कि यह सब देख सके। लेकिन मैं कुछ और सोचती थी।"

"क्या भला?"

"इस धन का अन्त क्या होगा। तुम तो बाहर रहते हो, या लिखते हो, मैं अकेली ऊब न जाती होऊंगी?"

"ऊब जाती हो? तुम भी पढ़ो न? विदूषियां क्या कम होती हैं!"

"पर मेरे भीतर देने वाले ने बुद्धि नहीं दी, तो क्या करूं। सब ही तो एक-से नहीं हो जाते!"

"फिर?"

"सोचो!"

"कुछ तुम भी तो कहो।"

"वैद्य जी से कोई दवा मंगाते। एक साधू आए हैं वे कुछ तावीज-सा देते हैं।"

बिहारी हंसा! कहा, "क्या चक्कर है यह भी। अभी तुम्हारी उम्र तो नहीं निकल गई :

"दूरत न कूच बिच कंचुकी, चुपरी सादी सेत।
कवि अंकन के अरथ लौं, प्रकट दिखाई देत।।"[1]

---

1. उरोज सीधी-सादी सफेद रंग के सुगंधित चोली में नहीं छिपे रह पाते, वे तो ऐसे प्रकट होते हैं जैसे कवियों की कविता के अक्षरों में से उनका अर्थ प्रकट होता है।

वह लजाकर बोली, ''धत्! कोई अपनी पत्नी से ऐसी बात करता है! मैं तुम्हारी ब्याहता हूं।''

बिहारी हंस दिया। बोली, 'यह तो दरबारी और बाहरी महफिलों के लिए रखो।''

फिर सांस लेकर बोली, ''न जाने भगवान कब सुनेंगे।''

''मुझे तुम्हारी जरूरत है, सुशील, सन्तान का दुख मुझे नहीं है। मेरी सन्तान मेरी कविता है।''

''लेकिन मुझे तो चाहिए।''

''भगवान से प्रार्थना करो। राधा जू सब सुनेंगी।'' फिर कहा, ''दुख क्यों करते हो?''

फिर बात टालने को कहा, ''जानती हो, लोग क्या कहते है।?''

उसने आंखें उठाई।

''कहते हैं, यह लक्ष्य और लक्षण काव्य नहीं लिखते।''

''लिखो न?''

''यह कविता नहीं होती सुशील। केवल परिपाटी का निर्वाह होता है। कविता है सौन्दर्य का वर्णन। मनुष्य के हाव-भाव अनुभव संचारी का वर्णन है। रूप की साक्षात् प्रतिमा नारी का सम्पूर्ण विवेचन। प्रकृति और धर्म की वह मार्मिक व्याख्या जो हृदय को सरस कर सके। सुशील! मैं इस सब में डूबकर अपने आपको भूल जाना चाहता हूं। आज तक जो भाषा में किसी ने नहीं किया, मैं वह करना चाहता हूं। मेरे दोहों में जो गठन है उसे दिल्ली से आगरे तक सब मुक्त कंठ से स्वीकार करते हैं। न न्यूनपदत्व, न अधिकपदत्व।''

सुशीला समझी नहीं। बोली, ''तो फिर कहो न?''

''पूछो।''

''तुम्हें तो सदा कविता रहती है। मैं जाऊंगी।''

''कहां?''

''साधु के पास। मुन्दर कहती है बड़े पहुंचे हुए जोगी हैं। कइयों की गोद भर दी है।''

''अच्छा, बांके को ले जाना।''

बिहारी चल पड़ा।

आज वह खानखाना के यहां जा रहा था जिनकी किंवदंतियां प्रसिद्ध थीं। कहा जाता था कि एक बार एक दरिद्र ब्राह्मण खानखाना की ड्योढ़ी पर पहुंच

और उसने भीतर खबर भिजवाई कि खानखाना का साढ़ू आया। खानखाना ने उसे भीतर बुलवाकर उसका खूब आदर-सत्कार किया और अच्छी तरह धन देकर उसे विदा किया। जब वह चला गया तो किसी ने पूछा, 'यह गरीब आपका साढ़ू कैसे हो गया?' खानखाना ने मुस्कराकर कहा, 'सम्पत्ति की बहन विपत्ति होती है। एक मुझे ब्याही है, दूसरी इसे, इसी से यह मेरा साढ़ू है।'

बिहारी पालकी पर सवार हो गया। कहार चल पड़े। प्यादे आगे-पीछे थे। बिहारी को याद आया। यह किस्सा उसने हाल ही में सुना था कि एक दिन दरिद्र भूखा ब्राह्मण मुसलमानों को कोस रहा था और कहता था कि इन्हीं लोगों के राज्य के कारण वह इस तरह भूखा पड़ा था। और कोई उसकी मदद नहीं कर रहा था । खानखाना ने उसका कोसना सुनकर कहा, 'भैया! हमें बख्शो, हम पर दया करो। तुम्हें खाना-पीना बहुत मिल जाएगा।' प्रसन्न हो गया। उसने अपनी फटी-पुरानी मैली पगड़ी खानखाना पर फेंक दी और बोला, 'शास्त्र कहते हैं कि जब तुम किसी की बात पर प्रसन्न हो जाओ, तो अवश्य ही उसे कुछ देना चाहिए। मेरे पास और कुछ नहीं है, इसलिए यही दिए देता हूं।' खानखाना ने उस पगड़ी को ले लिया और उसे बहुत धन दिलवाया।

ऐसे खानखाना से वह मिलने जा रहा था।

खानखाना के बाल सफेद थे। दाढ़ी भी सफेद थी। वे साठ से ऊपर थे। अत्यन्त मिलनसार। हंसमुख।

जब बिहारी ने विशाल प्रकोष्ठ में प्रवेश किया, देखा वहां कई लोग थे। सुन्दर, दूलह, पण्डितराज जगन्नाथ, हरनाथ और कई अन्य कवि थे।

बिहारी भी वहीं बैठ गया। खानखाना ने इत्र से उसका स्वागत किया।

महामात्र नरहरि के पुत्र हरनाथ अत्यन्त उदार थे। एक बार आगरे के स्वर्गीय महाराज मानसिंह को इन्होंने जाकर एक दोहा सुनाया :

बलि बोई कीरित लता, कर्ण दियो द्रै पात,

सींच्यो मान महीप ने जब देखी कुम्हलात।

महाराज मानसिंह ने प्रसन्न होकर उस समय इन्हें एक लाख रुपया इनाम दिया। यह घर लौट रहे थे कि मार्ग में इन्हें एक कवि मिल गया। उसने इन्हें देखकर दोहा कहा :

दान पाय दो ही बढ़े, की हरि की हरिनाथ,

उन बढ़ि नीचे कर कियो, इन बढ़ि ऊंचो हाथ।

हरनाथ विभोर हो उठे। उन्होंने राजा मानसिंह से पाया हुआ सारा रुपया उसी को दे डाला।

आज उन्हींने कहा, ''एक विनय है।''

सबकी आंखें उनकी ओर केन्द्रित हो गईं।

हरनाथ ने हाथ उठाकर सुनाया :

''बैरम के तनय, खानखाना जू के अनुदिन,

दोउ प्रभु सहज सुभाए ध्यान ध्याये हैं,

कहै 'हरनाथ' सातौं दीप को दिपति करि,

जोह खंड करताल ताल सों बजाए हैं।

एतनी भगति दिल्ली पति की अधिक देखी

पूजत नए को भास तातैं भेद पाए हैं,

अरि सिर साजे जहांगीर के पगन तट,

टूटे फूटे फाटे सिव सीस पै चढ़ाये हैं।''

वाह-वाह की रट लग गई। जब वह साधुवाद कम हुआ खानखाना ने विनम्रता से उन्हें एक लाख रुपया भेंट किया। वृद्ध हरनाथ चले गए।

उनके जाने पर क्रमशः कविताएं सुनाना प्रारम्भ हो गया। देर तक यही परस्पर प्रशंसा का मर्मज्ञ-क्रम चलता रहा। बिहारी ने नीति के दोहे सुनाए। किन्तु शीघ्र ही नख-शिख वर्णन प्रारम्भ हो गया। सुकवि बिहारी पीछे नहीं रहा। अखण्ड विलास का वर्णन होने लगा।

धीरे-धीरे संध्या हो गई। सुन्दरी बांदियां कंदीलों, फानूसों और कंवलों को जला गईं। प्रकोष्ठ में सतरंगा प्रकाश स्वप्न लोक-सा फैल गया।

बिहारी रहीम से मिलकर अत्यन्त प्रसन्न हुआ।

जब चलने की बेला आई उसने कहा, ''आज्ञा हो तो एक...''

''हां, हां...'' सब ने कहा।

खानखाना की ओर उन्मुख होकर बिहारी ने कहा, ''आज तक जो सुना था वह सच ही था। ऐसे प्रतापी के दर्शन किए, मन गद्गद हो गया। आज्ञा दें कि कभी-कभी दर्शन कर सकूं।''

''आया करो!'' खानखाना ने कहा, ''तुम्हारा घर है। तुम नौजवानों से मुझे बड़ी प्रीति है। मैं तो अब बूढ़ा हो चला हूं।''

यह सब कहते समय उनके मुख पर एक प्रतिष्ठित और पुराने कवि होने का गौरव छलक आया। यह नम्रता भी नई पीढ़ी को बढ़ावा देने वाली थी।

बिहारी ने प्रसन्न होकर कहा, ''सच, आप ज्ञान के अक्षय भंडार हैं। मैं क्या कहूं :

''गंग गौंछ, मौछैं जमुन, अधरन सुरसति राग।

प्रगट खानखाना कैं कामद बदन प्रयाग।[1]

चारों ओर कोलाहल मच उठा। हर एक बिहारी पर रीझा जा रहा था। खानखाना की आंखों में आंसू आ गए। तुरन्त ही उनकी आज्ञा से बिहारी को बिठाकर स्वर्ण मुद्राओं से ढक दिया गया।

जब सुशीला ने देखा तो आश्चर्य से देखती रही और बोली, ''सच! तुम इतने बड़े कवि! तो मुझे कुछ क्यों नहीं समझाते?''

बिहारी ने कहा, ''ज़रा मेरी ओर देखो!''

उसने देखा।

बिहारी ने कहा :

''रस सिंगारु मजनु किए, कंजनु भंजनु देन।

अंजन रजनु हूं बिना खंजनु गंजनु नैन।''[2]

वह लजाकर आंखें ढंककर बोली, ''मैं तुम्हारी घरवाली हूं। तुमने मुझे समझ क्या रखा है!''

4

तोपों का भीमनाद गूंजा। आगरा शहर हिल उठा।

प्रतिध्वनि ने सारे वातावरण में एक घोष भर दिया। लोग एक जिज्ञासा से पूछ उठे, ''आज क्या है?''

आज शाहज़ादा खुर्रम की बेगम अर्जुमन्दबानू ने पुत्र को जन्म दिया था।

चारों ओर उल्लास की लहरें फैलने लगीं।

---

1. गलमुच्छ गंगा, मूंछें जमुना। अधर सरस्वती राग। खानखाना में कामनाओं का पूर्ण करने वाला प्रयाग प्रकट हुआ है।

2. श्रृंगार रस में निमग्न तेरे ये कटाक्ष दक्ष नयन कमलों का भी गर्व हरते हैं। अपनी श्यामलता के कारण ये अंजनहीन भी खंजन पक्षी का अपमान करते हैं।

यही पुत्र था जो दाराशिकोह के नाम से प्रसिद्ध हुआ। लोग कहते थे कि अवश्य ही वह भाग्यशाली था, क्योंकि प्रत्येक ज्योतिषी दान लेता हुआ यही कह रहा था।

जमुना पर नावें तेजी से आने लगीं। गांववाले साग-भाजी लाने लगे। घी के पीपे नावों पर रखकर वे शहर में बेचने चल पड़े क्योंकि बहुत बड़ी दावत होनेवाली थी। सारे साम्राज्य में ही उथल-पुथल थी।

भेंटों का अम्बार लग गया। महल भर चले। और आशीर्वादों का तो ढेर लग गया। शाहज़ादा खुर्रम अपने पिता और विमाता किन्तु साम्राज्ञी नूरजहां का प्रिय पुत्र था। उसकी योग्यता सर्वत्र प्रसिद्ध थी।

दान होने लगा। भीड़ें टूट पड़ीं। चांदी और सिक्के प्रजा में लुटाए गए। कैदी छोड़ दिए गए और बहुत-से गरीबों की मुरादें पूरी हुईं। साम्राज्य के रखवालों की नई पीढ़ी आ गई थी। दाराशिकोह उनमें सबसे पहला था।

बिहारी ने भी शाम को दीपक जलवाकर घर का चेहरा जगमगा दिया। सारा शहर जगमगा रहा था, गलियों में भी उजाला था और बाजार में वेश्याओं के अट्टों से प्रकाश बाहर बह रहा था, जिनको गीतों की लहरियां पकड़ने की चेष्टा कर रही थीं।

बाजों की प्रतिध्वनित आवाज़ महलों के बाहर निरन्तर गूंज रही थी। आगरे के किले में उस समय कुल 75 या 80 राजवंश के लोग रहते थे। और दस हजार सेविकाएं, सेवक तथा जनखे थे। उनके साथ कुबड़े भी हंसी-मजाक के लिए रखे जाते थे।

रावतपाड़े से किले के सामने की महत्त्वपूर्ण शक्ति रखने वाली पानवाली की दूकान तक चहल-पहल थी। आज पानवाली के पान की कीमत एक अशर्फी थी। इस स्त्री की हरम में पहुंच थी।

गोकुलपुर से कन्धारी तक लोगों के ठट्ट गांवों से आ-आकर गा रहे थे, नाच रहे थे। घाटी आजमखां के थोड़े-से घरों के लोग रात को अच्छी तरह सो नहीं पाए, क्योंकि आसपास के जंगल में रात को सवार घूमते रहे। दिल्ली दरवाजे में सिपाही बैठे ऊंघते रहे।

नूरजहां प्रसन्न थी। वह खुर्रम को योग्य समझती थी। उसने भी आज दान-दक्षिणा में कसर नहीं रखी थी।

बिहारी ने अपना दुपट्टा उठाया और माथे पर आए झूलते केशों को पीछे करके सिर पर जरी और रेशम की पगड़ी धरी और दर्पण में मुख देखा। उसने

मुड़कर देखा क्योंकि दर्पण से उसे सुशीला की परछाई दिखाई दी।

सुशीला के मुख पर एक उदासी की-सी छाया थी। वह समझा नहीं। बोला, ''सुशील!''

वह नहीं बोली।

बिहारी कहता रहा, ''चारों ओर कैसा हर्ष छा रहा है!'' सुशीला के मौन पर ध्यान न दे वह बोला, ''सुनती हो।''

''हां।''

वह मुड़ा।

''क्या बात है?''

''कुछ तो नहीं है।''

सुशीला ने मुंह फिरा लिया।

''तुम कुछ मुझे उदास-सी लगती हो!''

''नहीं तो।''

''फिर चुप क्यों हो?''

जब से बिहारी का समय बाहर अधिक बीतता बिहारी को घर पर कम समय मिलता। पहले बिहारी उसका था, अब वह बाहर का भी था। सुशीला को समय कम मिलता था। वह एक दूरी का अनुभव करती थी।

''कहती नहीं?''

''कहूं क्या? आज प्रसन्नता की बात है। राजकुमार का जन्म हुआ है। जिनकी गोद भरती है, वह कितनी भाग्यशालिनी होती हैं।''

बिहारी ने कहा, ''तुम भी व्यर्थ की चिंता करती हो।' वह उसकी व्यथा को समझ गया था। वह अपुत्रा थी।

परन्तु उसने कुछ कहा नहीं।

सुशीला चुप खड़ी रही।

बांके ने आकर आतिशबाजियों का वर्णन करना प्रारम्भ किया। उसका कहना था कि उसने कभी ऐसा देखा ही नहीं था। दिन में तारे छिटक रहे थे। कोई-कोई धूरगोला तो बिलकुल फूल की तरह खिल जाता था।

उसके स्वर में आवेश था।

हंसकला बांदी भीतर गा रही थी। वह सुन्दरी थी। बिहारी को वह अत्यन्त भाती थी, क्योंकि उसका स्वर बहुत मीठा था। वह बड़ी संस्कृत थी। बिहारी उसका गीत सुना करता था।

बिहारी चलने को तैयार हुआ।

सुशीला भीतर चली गई।

बिहारी रथ पर चल पड़ा। झालरों के नीले रेशमी पर्दे थे और भीतर गद्दे पड़े थे।

घोड़े चलने लगे। धीरे-धीरे, क्योंकि सड़क पर काफी लोग आ-जा रहे थे। आज केवल दरबारी लोगों को ही सवारी पर जाने की इजाज़त थी। बाकी लोगों के बाहन बाहर ही छोड़ दिए गए थे।

आगे प्यादे भाग रहे थे। पीछे वाले घोड़ों पर थे। वे रास्ता साफ करते जाते थे। बिहारी के वस्त्रों से इत्र की मादक गन्ध आ रही थी। आज उसने शाहज़ादा खुर्रम का दिया हार भी पहन रखा था।

बिहारी ने जाकर द्वार पर इत्तला करवाई।

चोबदार भीतर चला गया।

लौटकर बोला, ''आइए।''

बिहारी भीतर घुसा और देखा कि दीवाने-आम में लोग पहले से मौजूद थे। वह उधर ही बढ़ चला।

शाहज़ादा खुर्रम आज बाहर ही था। उसके आसपास अमीरों की भीड़ खड़ी थी। उनके हीरों पर नज़र नहीं ठहरती थी।

चोबदार आगे चलता रहा।

किले का भीतरी फाटक पार करके सैनिकों के आगार पार करके जब बिहारी दीवाने-आम के सामने पहुंचा, खुर्रम ने उसे देख लिया।

एक ओर मौलवी और दरवेश लोग धार्मिक ग्रन्थों का निरन्तर पाठ कर रहे थे। वातावरण में उसके कारण कुछ विचित्रता थी।

अपना रंग और तूली लिए कुछ चित्रकार सबियां ले रहे थे।

एक दूसरी ओर फारसी के शायर एक कालीन पर बैठे हुए अमीरों की तरफ इज्जत से देख ले थे।

शाहज़ादे ने बिहारी को कोर्निश करते देखा और वह मुस्कराया।

बिहारी आगे बढ़ा। बोला, ''विनय है कि आज का दान देखकर एक सूम की याद आती है।''

खुर्रम ने कहा, ''सूम की याद?''

बिहारी ने कहा, ''श्रीमन्त महाराज! कैसे न उसकी छाती फटती होगी?''

''सूम कैसा होता है?''

बिहारी ने कहा—

"जेती सम्पति कृपन कौं तेती सूमति जोर।

बढ़त जात ज्यों ज्यों उरज, त्यों त्यों होत कठोर।"[1]

खुर्रम प्रसन्न हो उठा। एमदम नई उपमा थी। ऐसा दृष्टान्त कि उसकी विलास वृत्ति को सहारा मिला।

दोहा शीघ्र फैल गया।

उस दिन शहरयार वहीं था। उसने भी 'वाह-वाह' की।

इनामों से बिहारी लद गया।

सारे कवि देखते रह गए कि यह सबके कान काट गया। बिहारी सीख गया था कि धनिकों का मन किन बातों से सरस हो प्रसन्न हो उठता था।

जब वह घर पहुंचा सुशीला खाना ले आई।

बिहारी खाने बैठा।

वह वहां का वर्णन करता रहा।

सुशीला सुनती रही।

"क्यों? कैसा विचार है?" उसने अन्त में कहा।

सुशीला मुस्करा दी।

"विलास से बहुत प्रसन्न रहते हैं, वे लोग। जानती हो बेगमें और रानियां भी मेरी कविता को बहुत पसन्द करती हैं।"

किन्तु सुशीला की चिन्ता ही दूसरी थी।

"पुत्र!" उसने कहा, 'पैदा हुआ है। क्यों न तुमने उस पर कोई कविता कही?"

'मैं वही कहता हूं जो मेरे मन में आता है। मैं कवि हूं, तुकबन्द ऐसे तो वहां बहुत थे।"

बिहारी कुछ और सोचने लगा था।

"कहां से आए पुत्र जो सुशीला प्रसन्न हो।"

हठात् एक ध्यान आया।

बोला, "सुनो, एक बात कहूं?"

"कहो।"

---

1. सूम के पास ज्यों-ज्यों संपत्ति आती है उसकी सूमता वैसे ही बढ़ती है जैसे स्त्री के उरोज बढ़ते हुए कठोर होते जाते हैं।

'सोच लो!''
''गोद ही लेने की कहोगे।'' सुशीला जाने कैसे समझ गई।
''तुम कैसे समझीं?''
''मैं तुम्हें जानती हूं। पर लोग क्या कहेंगे। अभी उमर ही क्या है! सब ही कहेंगे कि अभी से क्या जल्दी थी।''
''फिर''
वह शरमा गई।
''तो जाने दो।''
वह हंस दिया।
''तुम हंसते हो!'' उसने कहा।
''और मैं क्या करूं?'' बिहारी ने उत्तर दिया।
सुशीला मानो घुट गई।
अब राजधानी में भीड़ बढ़ने लगी।
आए दिन नए-नए अतिथि आने लगे। रियासतों से राजा लोग अपने वैभव का प्रदर्शन करते हुए राजधानी में पधारने लगे। उनके साथ उनके सेवक होते, सेनाएं भी होतीं और वेश्याएं भी आतीं। चारों ओर कोलाहल ही कोलाहल गूंजने लगा।

हाथी झूमने लगे। उनके गलों में घंटे बंधे रहते, वे बड़े-बड़े रोट खाते और जब ऊब जाते तब उन्हें पैरों से लुढ़का देते। फीलवान उस बचे-खुचे को या तो लोगों को बेच देते, या फेंक देते। हाथियों की चिंघाड़ें गूंज उठतीं।

घोड़े हिनहिनाते। एक-से-एक बढ़कर घोड़ा था। कोई पंचकल्याण, कोई कुम्मेत, कोई अबलग। न जाने कितनी किस्में थीं। साईस उनकी मालिशें करके उनकी फरफराती खालें चमकाया करते।

दुकाने बढ़ गईं। अब नए-नए दुकानदार भी आ गए और बाजार बढ़ता चला गया। ढाके की मलमल, कश्मीर के कालीन, मुरादाबाद के बर्तन और आगरे की ज़री की चीजों के अम्बार लग गए।

चित्रकार दूर-दूर से आने लगे। वे अनेक चित्र लाते। कई तो काम-शास्त्र से ही भरे पड़े थे। कई में देवी-देवता चित्रित थे। कई रईसों और बादशाहों की तस्वीरें थीं। दूतियों का काम बढ़ गया।

गलीचे, दुशाले, पटुके, चुनरी, ओढ़नी और तरह-तरह के रंगीन वस्त्र दुकानों पर टंगे रहते। बनियों को फुर्सत नहीं थी। उनसे तूरानी कर वसूल करने वाले

नकद वसूल करते फिरते।

लकड़ी का काम बड़ी ही नफासत से करनेवाले कारीगर अपना सामान बिछाए आ बैठे। एक तरफ तरह-तरह की नक्काशी वाली किवाड़ों की जोड़ियां बिक रही थीं, जिन पर राधाकृष्ण बने रहते।

रंडियों का हुजूम चौराहों पर नाचता। भांड़ तरह-तरह के लोगों को हंसाते, रईसों को सलाम करते और इनाम पाते। उनके मजाकों से रंडियां होड़ करतीं।

नटों, कलाबाजों का दूसरा ही महकमा था। रस्सी पर नटनी चलती, लोगों की निगाहें अटक जातीं। फिर पटेबाजों की तलवारें खटकतीं। लोगों को लगता कि कोई एक तो जरूर मर जाएगा पर जिस्मों पर दाग तक नहीं लगते। उधर बाजीगर अपने जमूरों को पुकारते सुनाई देते।

और ऊंट काले, भूरे एक ओर इकट्ठे होते तो दरवेश, जोगी, साधू, फकीर दूसरी ओर। उन दिनों मुगल हिन्दू-मुसलमान का भेद नहीं करते थे। हिन्दुओं में लोग प्रायः प्रसन्न थे जजिया की बात पुरानी पड़ चुकी थी। सभी गरजमन्दों को दान मिलता। बेगमें और रानियां सभी को एक-सी खैरात लुटातीं।

शाहज़ादा खुर्रम ने बिहारी को बुलाकर, ''कविराइ!''

बिहारी ने कोर्निश की।

''देख रहे हो, कितना काम बढ़ गया है।''

''जो हुक्म साहबेआलम,'' उसने कहा।

''हम चाहते हैं कि आप खुद राजाओं को खुश करें। और यह सब ऐसा हो कि हुआ न हो। आपकी खिदमत में कौन रहे, यह खुद चुन लें।' खुर्रम ने फिर कहा, ''आप जैसा चतुर व्यक्ति ही इस योग्य है। आप कुछ अर्ज करना चाहते हैं। इजाजत है।''

''जो हुक्म।'' बिहारी ने कहा, ''कहते हैं, पहले मन्त्री बीरबल थे। लेकिन साहबेआलम उनकी-सी हाजिर-जवाबी मुझमें कहां?''

'आप कवि हैं।''

''हुजूर मुझे कविता सुनानी पड़ेगी?'',

खुर्रम ने अधमुंदी आंखों से देखा और सिर हिलाया।

''जरूर!'' बिहारी ने कहा, ''जो कर सकूंगा उठा नहीं रखूंगा।''

''हम खुश हैं।'' शाहज़ादा ने ताली बजाई। पर्दा हिला। शाहज़ादा मुस्कराया।

''देखिए!''

द्वार पर छम्म की आवाज गूंजी।

बिहारी ने आंखें उठाईं। शाहज़ादा प्रसन्न था।

बिहारी ने देखी—चन्द्रकला!

अनुपम सुन्दरी वेश्या। वह अपने सारे शृंगार किए खड़ी थी। देखता रहा। शाहज़ादा मुस्कराया।

एक बार को आंख झुक गई।

''यह हम तोहता देते हैं। इसलिए कि आपकी कविता में कंचन-सा निखार आए।''

बिहारी ने चन्द्रकला को देखा।

उसने धीरे से कहा, ''यह बोझ तो किसी राजा से ही झिलेगा हुज़ूर, मैं तो गरीब ब्राह्मण हूं।''

''हम आपको हाथी देते हैं कि वह इसे झेल ले। उसकी तरफ से आप चिन्ता न करें।'' खुर्रम हंसा, ''बस इतनी-सी बात!''

बिहारी इसका उत्तर नहीं दे सका।

''चन्द्रकला,'' खुर्रम ने कहा, ''दक्ष है। चतुर है। प्रवीण है।''

चन्द्रकला आ गई।

बिहारी आ गया। साथ में आई चन्द्रकला।

बावन राजा धीरे-धीरे आ इकट्ठे हुए। बीकानेर, जोधपुर, जयपुर, और न जाने कितने। और होड़ करके भेंट लाए। उनको खिलअतें बंटनी थीं। उनका वैभव एक से एक बढ़कर था।

पूरा शहर-सा जम गया। अब कलावन्तों के स्वर रुकते न थे। महफिलों में चौबीस घंटे राग-रागनियां गूंजतीं। किसी को भी कमी नहीं रही। जहां सामन्त था, वहीं ललित-कला थी। लोक की अपरिष्कृत कला इस कला से काफी दूर थी।

बिहारी का समय यहीं व्यतीत होता। वह राजाओं से मिलता, उन्हें कविताएं सुना देता। उसकी कद्र थी। क्योंकि वह शाहज़ादा खुर्रम का मुंहलगा था। कुछ लोग उससे जलते भी थे, किन्तु बिहारी मूर्ख नहीं था। किसी से भी बिगाड़ न करता।

घर पहुंचा तो सुशीला ने कहा, ''आजकल बहुत काम में लगे हो।''

''हां, बावन राजा हैं, सुशीला!''

''फुर्सत नहीं मिलती!''

''देखती तो हो!''

पहले सौहार्द्र थां। सुशीला के मन में पीड़ा हुई। आज क्या हो गया। वही स्वामी हैं पर आज उसे पहले-सा सौहार्द नहीं मिला।

लौट गई।

सोचा, इसका कारण?

याद आया, चन्द्रकला! मेरी सौत!

वह एकान्त में रोई।

पर मन को धैर्य दिया। सब अमीर रण्डियां रखते हैं। बिहारी में ही क्या दोष है। नहीं, उसे ऐसी मूर्खता नहीं करनी चाहिए। कोई सुनेगा तो उसी पर तो हंसेगा।

मर्दाने में चन्द्रकला आई थी अपने कक्ष से। बिहारी पास बैठा था। पता नहीं वे क्या बातें कर रहे थे। सुशीला पति की ओर चल पड़ी। किन्तु भीतर स्वर सुनाई दिया।

सुशीला ने झांककर देखा। लगा, बिजली का तार देह से छू गया। एक दिन इस देह पर केवल उसी का अधिकार था। किन्तु क्या यह व्यर्थ की बात ही नहीं सोच रही थी?

वह लौट आई।

बिहारी चला गया। उसने उसका रथ जाते हुए अपने झरोखे से देखा।

कितना व्यस्त था अब बिहारी। उससे राजा के कितने बड़े-बड़े आदमी मिलने आते थे। स्वयं सुशीला की खुशामद में कितनी स्त्रियां आती थीं। सुशीला उन्हें कितने इनाम बांटती! आज वे कहां उठ गई थीं! वह आगे सोच न पाई।

महाराज जसवन्तसिंह अपनी हवेली में टिके हुए थे। वे जोधपुर के महाराज थे। उनकी महलनुमा हवेली आगरे में बनी थी; जब कभी वे आते, तब उसमें ठहरते। यह हवेली शाहंशाह अकबर के जमाने में बनी थी।

ड्यौढ़ी पर बिहारी ने इत्तला कराई। सिपाहियों ने सलाम किया।

चोबदार भीतर चला गया।

बिहारी ने सिपाहियों को इनाम दिया। समा बांधना ही था, बंध गया।

शीघ्र ही खबास ने आकर कहा, ''आइए, महाराज!''

ब्राह्मण सदा ही ठाकुरों के यहां 'महाराज' कहलाते थे।

चोबदार पीछे हट गया। खबास आगे मार्ग दिखाता चला।

बिहारी भीतर गया।

कमरा बहुत ही सजा हुआ था। सूरत से फिरंगी व्यापारियों के जहाजों में आई विलायत की नायाब चीजें भी उनके यहां रखी थीं। सर्वत्र सुगन्ध फैल रही थी।

वैद्यजी बैठे कुछ नुस्खा लिख रहे थे। वे गम्भीर थे और उन्होंने एक बार बिहारी की ओर देखा। बिहारी भी मुस्कराया। वह आगे बढ़ा। महाराज जसवन्तसिंह पलंग पर अधलेटे थे।

महाराज जसवन्तसिंह हंसे। बोले, ''कविराइ हैं?''

बिहारी ने प्रणाम किया। महाराज ने भी प्रणाम किया। एक राजा था, दूसरा ब्राह्मण।

बिहारी ने फिर प्रणाम किया। महाराज प्रसन्न हो उठे।

वैद्यजी से परिचय कराया।

कहा, ''बिहारीलाल।''

बिठाया और बोले, ''आपने सुना होगा?''

''कौन नहीं जानता!'' वैद्यजी ने कहा, ''वैद्यों पर तो कविराइ व्यंग्य ही कर चुके हैं।''

वैद्यजी हंसे।

महाराज जसवन्तसिंह ने कहा, ''आप क्यों डर रहे हैं, आप तो वैसे नहीं।''

बिहारी ने कहा, ''महाराज की इस अबुद्धि में भी इतनी प्रीति है, जानकर आभारी हुआ। मेरा काव्य ही क्या?''

वैद्यजी ने कहा, ''ऐसे दोहे आज तक किसने लिखे? हमने बहुत पढ़ा, पर आपमें तो वैद्यों का-सा चमत्कार है।''

महाराज जसवन्तसिंह ने कहा, ''कुछ सुनाएं!''

बिहारी ने कहा, ''अपने बारे में कहूं महाराज? मैं अपात्र हूं। अपने से कहता हूं :

गोधन तू हरष्यौ हियै, घरियक लेहि पुजाइ।
समुझि परैगी सीस पर, परतु पसुनु के पांइ।''[1]

दोनों वाह-वाह कर उठे। परन्तु यह प्रशंसा और ही प्रकार की थी।

बिहारी ने देखा, असर पूरा नहीं हुआ क्योंकि अभी तक महाराज के हाथ कुछ देने के लिए लालायित नहीं हुए थे। वह कवि क्या जो कि दाता को स्वयं ही विचलित न कर दे।

---

1. ओ गोवर्द्धन! घड़ी-भर तू पूजा करवा ले, प्रसन्न हो ले, पर जब फिर तुझ पर पशुओं के पांव पड़ेंगे तब तू असलियत जान पाएगा।

उसने कहा :

"यह विनसतु नगु राखि कैं जगत बड़ौ जसु लेहु ।

जरी विसम जुर ज्याइये आइ सुदरसन देहु ।"[1]

वैद्यराज बोले, "लोलिम्बराज! लोलिम्बराज!"

महाराज फड़क उठे । बोले, "वाह! वैद्यराज! क्या बात है!"

"सुदर्शन! वाह! क्या निभाया है!"

बिहारी ने प्रणाम किया ।

बोले, "और सुनाओ कविराइ ।"

बिहारी मुद्रित हुआ । कुछ असर पड़ा है । उसने फिर सोचा और कल्पना कौंध गई ।

बिहारी ने फिर कहा :

"तिय तिथि तरुन किसोर वय पुन्य बाल सम दोन ।

काहू पुन्यनु पाइयतु वैस सन्धि संक्रोन ।"[2]

"वाह वाह!" वैद्यराज बोल उठे, "जैसे सूर्य एक राशि से दूसरी राशि में जाता है तो पुण्यकाल होता है ।"

महाराज विमुग्ध हो गए । बोले, "क्या कहा है?–वयस्संधि तरुणाई और किशोर । वाह! वाह! तुमने बड़ा ज्ञान पाया है । हमने पुराने शतकों में बहुत पढ़ा, पर लालिल्य यह और है ।"

बिहारी नस पकड़ गया ।

उसने फिर कहा :

"छुटी न सिसुता की झलक, झलक्यो जोबन अङ्ग ।

दीपति देह दुहून मिलि, दिपति ताफता रङ्ग ।"[3]

महाराज जसवन्तसिंह झूमने लगे । बोले, "अहाहा! क्या सूक्ष्म है? यों कवि भक्ति में डूबे हैं, परन्तु जो श्रृंगार में आनन्द है, वह और कहां । श्रृंगार का आनन्द ब्रह्मानन्द है ।"

---

1. एक सखी नायक से कहती है, "नष्ट होते रत्न की रक्षा करके तुम यश ले लो । विसमज्ञर-पीड़ित नारी को दर्शनरूपी चूर्ण देकर बचा लो ।"

2. दूती नायक से नायिका के बारे में कहती है, "नायिका रूपी तिथि में तारुण्य और किशोर दोनों ही अवस्थाओं की संयुक्त स्थिति पुण्यकाल-सी हो गई है । यह व्यस्संधिसंक्रमण विरले व्यक्ति को ही पुण्यों से मिलता है ।"   –ज्योतिषज्ञान परक दोहा है ।

3. शैशव और यौवन मिलकर नायिका में धूपछांही रंग हो गया है ।

फिर बोले, ''राजपूत का जीवन क्या? युद्ध है शृंगार! आन पर मरना, भोगकर भूल जाना! क्यों वैद्यराज?''

वैद्यराज ने कहा, ''बस महाराज! यही सोच मैंने यह गोली बनाई है। स्वयं शार्ङ्गधर भी नहीं बना पाते।''

महाराज ने गोली की शीशी ले ली।

बिहारी आश्चर्य से देखता रहा।

महाराज बोले, ''मुझे बड़ी रुचि है कविता में।''

वैद्यजी बोले, ''स्वयं महाकवि हैं महाराज!''

''महाकवि नहीं,'' महाराज ने कहा, ''कविराइ! महाकवि तो आप हैं। धन्य हैं आप! आप मेरे यहां रहें चलकर।''

''आभारी हूं।'' बिहारी ने कहा।

''तो फिर निश्चित हुआ?''

''शाहज़ादा साहब से पूछना होगा?'' बिहारी ने कहा, ''उन्हीं का आश्रित हूं। बिना स्वामी की आज्ञा के क्या उत्तर दूं?''

शाहज़ादा ऊंची चीज थी।

''कोई बात नहीं, मैं वृत्ति बांधता हूं, इस बार की यहीं।'' महाराज ने बिना चक्कर में पड़े कहा, ''शाहज़ादा बड़े गुणी हैं। स्वयं भी कविता रचते हैं। वे यह रत्न मुझे नहीं देंगे!'' फिर स्वयं बदलकर कहा, ''पर कविराइ! आप आइन्दा मेरे यहां आएंगे कभी?''

बिहारी ने कहा, ''जैसी आज्ञा होगी। शाहज़ादा साहब मुझ पर बहुत दयालु हैं। उनकी दया से ही मैं जीवित हूं।''

''अवश्य, महाराज,'' वैद्यजी ने कहा, ''गुणी को गुणी ही पहचानता है।''

महाराज ने कहा, ''निश्चय, निश्चय! वे परम गुणी हैं।''

तभी द्वार पर खबास दीखा। उसके पीछे ही एक किशोरी थी। पीछे से गोलिन आई।

किशोरी नई गोलिन थी।

महाराज उधर देखकर मुस्कराए।

रूप देखा बिहारी ने। कितनी सुन्दर थी! महाराज भी कितने रसिक थे! एक ओर तलवार, एक ओर स्त्री।

महाराज के सामने खबास मदिरा रख गया।

मन भीतर-ही-भीतर लजा उठा बिहारी का। सहसा ही उसे अपनी चन्द्रकला

याद आई।

परन्तु वह पूर्ण युवती थी!

और यह किशोरी!

वैभव, आनन्द और रस का धुंधलका बिहारी में हाहाकार करने लगा। ऐसा लगा कि वह किसी बाढ़ में फंस गया था।

वैद्यराज चलने को उठे।

बिहारी भी समझ गया। वह भी उठ खड़ा हुआ। उस समय महाराज ने खबास को बिहारी की वृत्ति बांधने की आज्ञा सुना दी तो उसने जाकर बाहर प्रबन्धक को बता दी।

बिहारी प्रणाम कर चला आया।

यों बिहारी ने बावन राजाओं में से कई अपनी ओर कर लिए। उसके दोहों में अब शृंगार प्रधान हो गया। किन्तु यह कोई आक्रमण न था। स्त्री का रूप सृष्टि की सबसे बड़ी सुन्दरता थी। जीवन भोग था, विलास था। और जीवन में था ही क्या, जिस पर सच्ची कविता बन पाती। वह रूप और यौवन उंड़ेलने लगा।

धन बरसने लगा।

मानो कविता एक सूर्य थी, जिसकी दोहे रूपी किरणों से वासना के जल भाप बनते थे और अन्त में बिहारी को ही भिगो जाते थे, चन्द्रकला के अंचल में।

सुशीला!

वह अकेलापन महसूस करती। नाइनें दिन-रात सेवा करतीं। खाना, पीना, वस्त्र, आभूषण, क्या नहीं था। दान करती थी, स्त्रियां सिर झुकाती थीं। पर वह फिर भी सूनी थी। बिहारी ने आकर कहा, ''सुशीला!''

वह नहीं बोली।

''क्यों? बोलती क्यों नहीं?''

''क्षमा करें, स्वामी।''

''इसको जमा कर लो,'' बिहारी ने सेवक को आज्ञा दी।

उसने हीरों का पिटारा खोल दिया।

इतने हीरे!

क्यों? कहां से आए?

बिहारी मुस्करा रहा था। वह हीरे कविता के द्वारा आए थे। राजाओं में होड़ लग गई थी।

''भविष्य के लिए!'' उसने कहा।

''विधाता अपना ही तो है,'' सुशीला ने उत्तर दिया।

''इस समय ही तो!''

''क्यों आना बन्द होगा क्या?''

''आएगा, जब तक आना है।''

''फिर क्या कविता नहीं होगी?''

''यह कैसे हो सकता है?'' बिहारी ने कहा। वह चिढ़ गया था।

सुशीला पिटारा ढकने लगी।

बिहारी ने कहा, ''तुम अब भी प्रसन्न नहीं हो?''

उसने केवल आंखें झुका दीं।

वह बाहर आया। बांके ने कहा, ''मालिक!''

''क्या है?''

''बड़ा कहा...''

''मैंने ही दिया है चन्द्रकला को! तू चुप रह!''

बिहारी सोचने लगा।

बांके चला गया।

चन्द्रकला दर्पण के सामने बैठी रूप निहार रही थी। उसकी टहलनी खड़ी पंखा झल रही थी।

वासना का ज्वार बिहारी में उफन रहा था।

उसने पर्दा हटाया।

चन्द्रकला शरमा गई।

बिहारी लौट आया।

आज मन स्फुरित था। वह क्या चाहता था अब! वह समझ नहीं पा रहा था। आनन्द से उसने इत्रदान उठाया। स्फटिक का बना था। कितना सुन्दर था। कभी कल्पना भी की थी इसकी।

अगर यह टूट गया तो!

तोड़ दिया हठात्! पर कुछ भी नहीं हुआ।

बांके भागा आया। बोला, ''टूट गया महाराज!''

''फेंक दे।''

कितना सुख था वैभव में!

अपार! अनन्त!

आज बिहारी कहां था?

एक दिन वह कहां था?

हठात् याद आया। वह क्या सोच रहा था? क्या वह वही बिहारी था। क्या यह सब उसका ही रूप था? काव्य कहां है? मन ने कहा, 'काव्य ही तो है! सब कुछ नष्ट हो सकता है, पर जो रूप के अपरूप वर्णन वह अपने दोहों में कर रहा है, वे कभी नष्ट नहीं होंगे। वैभव उसका सत्य नहीं। काव्य ही उसका सत्य है।

होंठ बोल उठे :

"कनक कनक ते सौगुनी मादकता अधिकाइ।

उहिं खाये बौराइ जग, इहिं पाए बौराइ।"[1]

सब कुछ भाग्य का खेल है। किन्तु वैभवशील व्यक्ति का स्वभाव कैसा होता है? जब सम्पत्ति रूपी धन बढ़ता है तब उसका हृदय रूपी कमल भी ऊपर उठता जाता है। पर जब जल घटने लगता है तब वह कमल नहीं झुकता, वरन् समूल नष्ट हो जाता है! सरोवर और व्यक्ति कब अपनी मर्यादा का उल्लंघन नहीं कर जाते! उसने दुर्दशा में कभी धन नहीं जोड़ा। अब खाए-खर्चे पर बच जाए तो वह क्यों न जोड़े।

भीड़ें फट गईं। राजा लोग लौट चले। हाथी, घोड़े, पलटन, सेवक और फकीर-याचक सब चले गए।

कुछ दिन बाद बिहारी दरबार से लौट रहा था। उधर शरीफुल्मुल्क और खुर्रम के सैनिकों में धौलपुर के पीछे युद्ध हो गया था। खानखाना का दिल डांवाडोल था। वे खुर्रम के साथ हमदर्दी रखते थे। नूरजहां अपनी शेर अफगन से जन्मी बेटी को शहरयार से ब्याह देने के बाद खुर्रम के विरुद्ध हो गई थी।

बिहारी ने देखा, रहीम वृद्ध था। इधर शाहंशाह की आंख उसकी ओर से फिर रही थी, यद्यपि उसे दक्षिण भेजने की भी बात चल रही थी। खानखाना दरिद्र-सा हो रहा था।

बिहारी ने कहा, "प्रणाम करता हूं।"

---

1. कनक (सोना-संपत्ति) में कनक(धतूरे) से सौ गुनी मादकता अधिक होती है। उस कनक को तो खाने पर पागलपन आता है, पर इसे अर्थात् सोने को तो पाने पर ही बुद्धि बौरा जाती है।

रहीम ने कहा, ''अच्छा, पहचाना बिहारीलाल हैं?''

'हां, मैं ही हूं। पहचानने की आपने क्या कही?''

रहीम ने कहा, ''तुम भी कवि हो! देखकर प्रसन्नता होती है तुम्हारी उन्नति :

''रहिमन यों सुख होत है, बढ़त देखि निजगोत।

ज्यों बड़ी अंखियां निरखि, आंखिन को सुख होत।''

उसका पुत्र शाहनवाज़ खां खराब पी-पीकर मर गया था। उसका दूसरा पुत्र जो उसे बहुत प्यारा था रहमन दाद, वह भी जाता रहा था। फिर भी वह सहृदय था। वेदना से भीतर-ही-भीतर वृद्ध डांवाडोल हो रहा था। उसका चित्त स्थिर न था।

उसने फिर कहा :

''रहिमन पानी राखिए, बिनु पानी सब सून।

पानी गये न ऊबरै, मोती, मानुष, चून।।''

बिहारी समझा। उसका मन व्याकुल होने लगा। खानखाना कितना उद्विग्न था! शाहज़ादा खुर्रम दक्खिन चला गया था। भविष्य का कुछ भी पता नहीं था। परन्तु बिहारी वह देख रहा था, जिसकी उसे आशा नहीं थी। मुगल तख्त के लिए अभी से कैसी छीना-झपटी प्रारम्भ हो गई थी।

रहीम ने कहा, ''बिहारीलाल! कुछ तो बोलो।''

''मुझे दुख होता है देखकर।''

वह हंसे।

''क्यों, मैं क्या सेवा के योग्य नहीं?''

रहीम ने कहा, ''बिहारी! तुम मेरे बेटे जैसे हो। इतना अपने अनुभव से कहता हूं :

''कुटिलन संग रहीम कहि साधू बचते नाहिं।

ज्यों सैना नैना करें, उरज उमेठे जाहिं।।''

बिहारी का मन व्यथित हो गया।

रहीम ने जैसे फिर अपने-आप में ही धीरे से कहा :

''खैर, खून, खांसी, खुसी, बैर, प्रीति, मदपान।

रहिमन दाबे ना दबैं, जानत सकल जहान।।''

रहीम की अवस्था देखकर बिहारी का मन भीतर-ही-भीतर कांप उठा।

''सब कुछ अस्थिर है, सब कुछ। विपत्ति की कसौटी पर जो कसे जा सकें, वे ही सच्चे मित्र होते हैं। तुम इसे याद रखना। धन और वैभव कुछ नहीं, संयोग

की बात है।'' वृद्ध ने फिर कहा, ''बस इतना ही जीवन का सत्य है :

''जो गरीब पर हित करैं, ते रहीम बड़ लोग।

कहा सुदामा बापुरो, कृष्ण मिताई जोग।।''

बिहारी का मन हिल उठा, राजकोष इतना भयानक होता है! इस संघर्ष का परिणाम क्या होगा!

वह चला आया।

सोचने लगा।

खुर्रम जीत लेगा?

नहीं जीता तो!

एकदम अंधेरा-सा छा गया! वृत्ति बंद। वैभव समाप्त और फिर?

बिहारी ने सोचा और सिर झुका लिया।

चन्द्रकला ने तम्बूरा छेड़ा।

बिहारी सुनता रहा, वह गाती रही। चांद ऊपर उठ आया। किन्तु बिहारी ने सोच लिया था, आग से दूर रहना होगा। पर कब? इसका वह अवसर देखेगा।

तब चिंता हट गई और वह फिर रस में डूब गया।

यह चन्द्रकला उसे बहुत भाती थी। इसी ने उसे नारी-जीवन के अनेक रूप दिखाए थे।

बांके बैठा-बैठा बाहर सो गया। चांद झुक गया। झरोखे से चांदनी आकर सोती चन्द्रकला के मुख पर गिर रही थी। दीपक का हल्का प्रकाश था। बिहारी ने कलम उठा ली। वह अब एक और दोहा लिखना चाहता था।

चार

''सुशीला!'' बिहारी ने कहा।

सुशीला उस समय ठाकुर जी के आगे दीपक जला रही थी। वह अकेली थी। पुजारी अभी आया नहीं था।

उसने मुड़कर देखा।

बिहारी ने कहा, ''मुझे कुछ जरूरी बात कहनी है।''

उसकी आंखों में उत्सुकता छलक आई।

''चलो हम मथुरा चलें।''

''कौन?''

''हम।''

''क्यों?'' उसने धीरे से कहा, ''आगरा ठीक नहीं रहा?''

''तुम समझ नहीं रही हो।''

''मैं तुम्हें समझती हूं। घर के बाहर से मुझे क्या मतलब। यह मर्दों का काम है। जहां कहोगे वहीं चलूंगी।''

''अभी आती हूं।''

ढोक दी। हाथ जोड़े, फिर पति के चरणों का स्पर्श किया। फिर कहा, ''अब कहो।''

''आगरे में रहना हमारे लिए ठीक नहीं।''

सुशीला नहीं समझी।

''राज्य-विप्लव की आशा है।''

''हमें राज्य कहां चाहिए?''

''नहीं चाहिए यह सत्य है, पर हम राज्याश्रित हैं।''

''तुम्हें क्या? तुम तो कवि हो!''

''कवि हूं, परन्तु शाहज़ादा खुर्रम का आश्रित हूं।''

''क्या वे नहीं रहे?''

''क्या बात करती हो। उनके न रहने की बात क्या तुम्हें ज्ञात नहीं होगी। पर तुम नहीं समझोगी।''

''तो फिर जैसा तुम ठीक समझो। जब तक मैं अपने घर की मालकिन हूं, मैं कुछ नहीं कहती।''

सुशीला तैयार हो गई।

वे मथुरा चल पड़े।

विश्वासपात्र माधो नामक सेवक को आगरे में घर पर छोड़ा और पूरा लश्कर चल पड़ा। बांके ने मथुरा जाकर पहले ही हवेली खरीद ली। ससुराल वालों में सनसनी मच गई।

बिहारी को याद आया, एक दिन जब वह मथुरा से चला था तब उसे छोड़ने भी कोई नहीं आया था। तब पति और पत्नी दो थे।

जब वह ससुराल पहुंचा वह उनके घर नहीं गया। लश्कर सामने से निकल गया। जब तक ससुराल वाले जान पाते लश्कर आगे जा निकला था। एक बार सुशीला ने पालकी के पर्दे को ज़रा हटाकर अपने मायके घर को देखा। उफ! कितना छोटा था! वह अब उसमें कैसे समाएगी!

विशाल हवेली में प्रवेश किया।

स्नान-ध्यान में लगे। महाराज ने भोजन परोसा। वह भी चौबे था। सुशीला ने अपनी परम्पराओं को यहां भी वैसा ही रखा जैसा वह आगरे में रखती थी।

दोपहर को खस की टट्टियों में पंखों के पहिए घुमाकर ठंडक कर दी गई। बिहारी थक गया था। गहरी नींद आई। उठकर गुलाबजल आंखों पर छिड़का। सुराही के पानी में मुंह धोया।

ड्यौढ़ी पर बांके था।

वह द्वार पर दीखा।

''क्या है रे?''

''मालिक,'' बांके भीतर आ गया। उसने बताया। ''भाभी के भैया और काका आए थे।''

''कह दो शाम को मिल लें।''

बांके लौट गया। परन्तु बीच में सुशीला मिली। उसे लौटा लाई। पति की ओर देखा।

“अरे!” सुशीला ने कहा, “तुमने सुना?”

“हूं!” बिहारी ने कहा।

“कुछ भी हो...” सुशीला ने अभी कहा ही था कि बिहारी ने बांके से कहा, “जा, ले आ।”

वह चला गया।

दोनों भीतर आए।

दोनों ओर से पालागन हुई।

“विराजिए।”

दोनों बैठे। आश्चर्य से फटे हुए नेत्र। प्रशंसा से विह्वल क्षुद्रता की आत्मानुभूति।

काका ने हंसकर कहा, “आए तो खबर भी नहीं दी।”

बिहारी ने कहा, “सोचा जाने फुर्सत हो न हो।”

“हमको कब नहीं थी!” काका ने कहा।

बिहारी के तीर-सा लगा।

तो पुरानी बातों का अहसान याद है।

कहा, “अभी तक याद है।”

भाभी के भैया ने बात टाली, “इधर तो बहुत दिनों बाद दर्शन हुए।”

“आपकी अशर्फी रंग लाई।” बिहारी ने भाभी के भैया को देखकर कहा।

भाभी के भैया पी गए। बोले, “हमने तो तभी कह दिया था कि एक दिन तो जमाई राजा को बहुत बड़ा आदमी बनना है। बोलो काका कहा! था न?”

बिहारी ने चोट की, “क्यों नहीं। पर काका ने हमसे नहीं कहा। भला क्यों कर कहते? इनकी राय में हम कागज बिगाड़ा करते थे।

“यह मैंने कब कहा?”

“अब यहीं रहेंगे?” भाभी के भैया ने पूछा।

“बात यह है कि शाहज़ादा साहब समझते हैं कि बिहारी कागज नहीं बिगाड़ता।”

भाभी के भैया को इतने निष्ठुर व्यवहार की आशा नहीं थी। कुछ कह नहीं सके।

“तो फिर चलें।” काका ने कहा।

काका का मुख निष्प्रभ हो गया था।

“क्यों?” सुबिहारी ने कहा, “इतना भी धीरज नहीं? मैंने तो कई बरस बड़ी-बड़ी मीठी बातें सुनी थीं।”

फिर बिहारी ने पुकारा, ''सुनती हो?''

द्वार की ओट में सुशीला खड़ी थी।

''काका हैं, आ जाओ।''

सुशीला आई। प्रणाम किया। असीस पाई।

बिहारी के गर्व को सुनकर वह प्रसन्न हुई। उसने बहुत बर्तन मांजे थे। आई और देखकर चली गई। उसने बांके को वहीं बुलाया। लौटी और कहा, ''देखो! यहां से एक तोड़ा अशर्फियों का इनके यहां पहुंचा दो।''

बिहारी मुस्करा दिया।

''अरे क्यों बिटिया!'' काका ने कहा, ''क्या जरूरत है!''

बिहारी ने कहा, ''तो फिर मैं चलूं।''

तब वे चले गए।

सुशीला हंसी। उसके मन की प्रतिहिंसा ठंडी हो गई थी।

बिहारी की भी।

''तुमने उन्हें माफ नहीं किया?'' बिहारी ने कहा।

''बर्तन मैंने मांजे थे।'' उसने कहा।

''यह तुम कहती हो सुशील!'' बिहारी ने कहा।

''मैं क्यों नहीं कह सकती! यह तुम्हारा अपमान करते थे, और मैं लहू की घूंटें पीती।'' यह उत्तेजित थी।

''हमें यह धन इन्हें पहले ही दे देना उचित था। बदला चुकाकर भार हल्का कर देना उचित था।''

''क्यों नहीं? भला सोचो। लेकिन अब यह बात और क्या कोई जानेगा?''

'तुम्हें इसमें खुशी होती, अगर मैं बदला न लेती!''

''तुम्हें तो हुई!''

''मेरी खुशी से क्या होता है।''

बिहारी अप्रतिभ हुआ।

''क्यों?'' उसने पूछा।

वह चुप रही।

''यह संसार स्त्री का कहां है?'' उसने कहा।

बिहारी के मन पर आघात हुआ। उसने कहा, ''तुम नहीं जानती कि स्त्री ही रूप की खान है।''

वह व्यंग्य से मुस्कराई।

''रूप ही की तो!'' उसने कहा, ''रूप! स्वामी! पत्नी का रूप नहीं होता, शील देखा जाता है, रूप के लिए तो...''

''ओह!'' बिहारी के मुंह से निकला।

वह चुप हो गई।

बिहारी देखता रहा।

उसने फिर कहा, ''मुझे एक बात सूझी है।''

वह चुप रहा।

''कहूं।''

बिहारी ने कहा, ''कहो न।''

''कह ही दूं?''

''कहती क्यों नहीं!''

''निरंजन कृष्ण जो है...''

''कौन है?''

''बांके से पुछवा लिया मैंने सब हाल। यह लोग तंग हैं आजकल। भाभी का बेटा है। दो बरस का। तो,'' उसने कहा, ''तुम्हारी क्या राय है? अगर अब इनसे खरीदकर उसे मैं गोद ले लूं।''

''क्या कहती हो।''

''सच!''

''क्या कहती हो तुम?''

''हां, मैं मां नहीं बन सकूंगी।''

''क्यों? फिर सन्तान के बिना क्या अटक रहा है?''

''मुझे चाहिए।''

''क्या वे दे देंगे?''

वह हंसी। कहा, ''नहीं देंगे? यह मुझ पर छोड़ दो।'' उसने फिर कहा, ''तुम धन को तो जानते ही हो। उसकी मार कितनी गहरी होती है!''

बिहारी को अटपटा-सा लगा। बोला, ''देख लो। वैसे सोचो। जगत में संतान क्या धन से कम है?''

''मैं जानती हूं कि सन्तान के अभाव ने तुम्हें कितना दुखी किया है। और जो तुम कहते हो यह उनको लगता है जिनके कोई है नहीं। उनके और भी हैं, अतः इनकी चिन्ता वे स्वयं कर लेंगे। जानते हो न? चौबे शुनःशेष की सन्तान कहलाते हैं।, जिनका पिता ने उन्हें बेच दिया था।''

''पूछ देखो,'' बिहारी ने कहा।

''मैं सब ठीक कर लूंगी।''

''फिर तो तुम प्रसन्न रहोगी।''

''मैं जानती हूं,'' सुशीला ने कहा, ''तुम कितना भी छिपा लो पर मुझसे यह छिपा नहीं है कि तुम मेरे लिए कितना दुख उठाते हो!''

''मैंने तो कुछ नहीं उठाया!''

बिहारी के मन का बोझ टल गया।

सुशीला ने कहा, ''इस बात को अब जाने दो।''

'धन मेरा है न?' सुशीला ने कहा।

''मैं भी तुम्हारा हूं।'' बिहारी ने कहा।

उसने कहा, ''यही तो बात है कि वारिस चाहती हूं। अनंतर वारिस। मैं इस धन का अन्त चाहती हूं।''

''नहीं,'' बिहारी ने कहा, ''तुम्हें भाभी से बदला लेना है।''

और सचमुच सुशीला ने भाभी से बदला ले लिया। वह आई मिलने, उस दिन सोलह सिंगार करके बैठी सुशीला। अपुत्रा होकर भी दबी नहीं। आज उसमें सामर्थ्य थी। जब उसके भाई ने सुना, वह फौरन तैयार हो गया—'इसका अर्थ था मुगल दरबार से सम्पर्क'।

निरंजन कृष्ण आ गया। उसका गोत्र बदल गया। धन ने गोत्र बदल दिया।

मन्त्रोच्चारणों से भवन गूंज उठा। चौबों के ठट्ट लग गए।

भोज की सुगन्धि से अन्तराल भर गया। तरह-तरह के पकवान बन रहे थे। बाहर भंगी बैठे थे, जूठी पत्तल इकट्ठी करने को। किन्तु तभी शोर होने लगा।

बाहर किसानों की भीड़ थी। देहात में गरीबी बहुत फैल रही थी। किसान शहर आए थे। इधर दावत की सुनकर भीड़ इधर आ गई।

बिहारी बाहर आया।

कितना दयनीय दृश्य था। ग्रामीणों की भीड़ खड़ी थी। कोई लज्जा नहीं, कोई संकोच नहीं, जैसे यहां खाना-पीना उनके लिए एक गौरव की बात थी। बांके आगे बढ़ गया। बिहारी ने उसे रोक दिया।

देखा उसने। यह प्रजा व्याकुल है।

''क्या हुकम है मालिक?'' बांके ने पास आकर पूछा।

उसने मुड़कर कहा, ''यह सब लोग खाने आए हैं, तो फिर क्यों देर लगाते हो? इनको यहीं बिठा दो पांत में। कोई लौटकर न जाए।''

बांके ने पुकारकर कहा, 'बैठ जाओ, बैठ जाओ।''

सबमें हहर व्याप गई।

वे बैठ गए। भीड़ चार-पांच हजार आदमियों से कम की न थी। उन दिनों उच्च वर्गों में इस प्रकार भीड़ों को जिमाने का आम रिवाज था।

बिहारी भीतर आ गया।

बिहारी की जयजयकार-भरी स्तुतियों से हवेली गूंजने लगी।

काका ने सिर हिलाकर भाभी के भैया की ओर देखा। उन्होंने भी आश्चर्य के स्थान पर श्रद्धा का प्रदर्शन किया।

मथुरा के धनी चौंक उठे।

बिहारी भोज के उपरान्त फूलों की सुगन्धियां सूंघता बाग में टहलता रहा। अन्त में वह भीतर गया।

अब रात की कंदीलें बुझ चुकी थीं, परन्तु चन्द्रमा का प्रकाश कुछ अधिक मुखर हो गया था। उसमें सबकुछ स्वप्नलोक-सा शांत और मधुर-सा प्रतीत होता था।

उसके देखा निरंजन कृष्ण के पास सुशीला सुख से सो रही थी। अब वह बहुत तृप्त थी। मातृत्व की यह कैसी भूख थी। तो यह कल तक सुखी नहीं थी। क्या इसने मातृत्व की तृप्ति के लिए इसे गोद लिया है, या अपनी हिंसा की तृप्ति की है?

वह हट गया। दूसरे प्रकोष्ठ में गया जो बाएं खण्ड में था। राह में टहलनियां सोती मिलीं। दीप जल रहा था। उस पर एक शलभ घूम रहा था। बाकी सब मौन था। वह देखता रहा। रेशमी मशहरी में चन्द्रकला सो रही थी। उड़ते-उड़ते शलभ के पंख आग में छूकर जल गए। बिहारी सिहर उठा। हृदय न जाने आज उसे एक दाह में घेरे क्यों बहला रहा था। आज उसने एक उत्तराधिकारी जो गोद ले लिया था। बालक सुन्दर था, भोला और कोमल। इसके मां-बाप को क्या इससे बिछुड़ जाने का दुख नहीं होगा?

बिहारी न जाने कब तक सोचता रहा। शायद जलघड़ी की बालू धसक गई थी, कटोरा डूब गया था। आधी रात के गजर की आवाज गूंज उठी। बिहारी सो गया।

शाहज़ादा खुर्रम अब बागी था। कई वर्ष पूर्व शाहंशाह जहांगीर के बेटे खुसरों ने भी विद्रोह कर दिया था। उस समय शाही सेना ने उसका पीछा किया।

खुसरो भागा और पंजाब पहुंचकर उसने फिर विद्रोह का झंडा खड़ा कर दिया। गुरु अर्जुन ने उसकी सहायता की। किन्तु शाही सेना के सामने विद्रोही सेना उखड़ गई। खुसरो को पकड़कर कारागार में डाल दिया गया। गुरु अर्जुन का भाई मुखबिर बना। गुरु अर्जुन को प्राणदण्ड दे दिया गया।

खबर आई कि खुर्रम ने दिल्ली की ओर पांव उठाए, किन्तु सल्तनत के पुराने सेवक और अधिकारी नूरजहां के सहायक थे। खुर्रम को सफलता नहीं मिली। वह दकन भाग गया और उसने वहां के सुल्तानों की सहायता प्राप्त करने का प्रयत्न किया। किन्तु दकन का कोई भी सुल्तान इतना साहसी नहीं था। खुर्रम को कोई सहायता नहीं मिली तब वह वहां से भागकर उड़ीसा चला गया। फिर उसने अपनी साथ की सेना के बल पर ही बंगाल और बिहार पर अधिकार कर लिया। अब वह इन स्थानों का शासक बन बैठ।।

किन्तु जहांगीरी फौजों ने यहां भी उसका पीछा नहीं छोड़ा। बराबर तंग करती रहीं और परेशान होकर जब खुर्रम फिर दकन गया और तब उसके पिता से, सब तरह से असमर्थ होकर, क्षमा मांगी। जहांगीर ने उसे माफ कर दिया।

तब नूरजहां ने परवेज के साथी महावत खां पर नजर फेरी और उसे पदच्युत कर दिया। महावत खां ने साहस से काम लिया और झेलम के किनारे बादशाह जहांगीर को कैद कर लिया, किन्तु नूरजहां अत्यन्त चतुर स्त्री थी। उसने पति को छुड़ा लिया और महावत खां दक्षिण भागा। उन्हीं दिनों परवेज मर गया और महावत खां शाहजहां से जा मिला।

साम्राज्य में सत्ता के लिए संघर्ष हो रहा था। जहांगीर की शराब बहुत बढ़ गई थी। वह अपना काफी समय चित्रकार नादिर समरकन्दी के साथ बिताता। दरबार के अमीरों में दलबन्दी हो रही थी और ईर्ष्या का बोलबाला था। दरबारों में अखण्ड विलास होता—हिन्दू हो या मुसलमान, स्त्री का रूप बिखरा पड़ा था। ललित कलाएं नारी के सौन्दर्य में सीमित हो चली थीं। मुगल खजाने से तनख्वाहें देने की बजाए अब जागीरें देने की प्रथा बढ़ गई। खालसा भूमि की आय घट गई, खर्चा बढ़ गया और इसका बोझा टूटा किसानों पर।

अनेक प्रकार की यह उड़ती खबरें मथुरा आतीं तब तक वे काफी अतिरंजित भी हो जातीं। किन्तु उसे मुगल दरबार से अब भी वृत्ति मिलती थी। अन्य राजा भी भेजते। उसे लोग इतना महत्त्व नहीं देते थे कि राज्यकार्य में उसके पक्ष-विपक्ष पर भी ध्यान देते।

बिहारी चिन्ता में पड़ गया था। किन्तु चन्द्रकला के साथ उसका समय

व्यतीत होता रहा। खाना प्रातःकाल चौके में चलता सुशीला के पास। शाम को पक्का खाना चन्द्रकला के यहां खा लिया जाता।

गर्मियों में खस की टट्टियां पानी से तर रहतीं। जलकुण्डों में खस पड़ा रहता। केवड़ा महका करता। कपूर से सुगन्धित पान चलते। मथुरा की गर्मी अपनी प्रचण्डता में आगरे से कम नहीं होती। वनों में निदाघ के दाह से अहि, मयूर, मृग, बाघ एक साथ बैठे हांफते और वन तपोवन-सा हो जाता। बिहारी, ऋतुसंहार, अमरुकशतक इत्यादि का रस लेता। चन्द्रकला तम्बूरे पर गाती।

जेठ दोपहरी की धूप में छाया भी छांह में भाग जाती इसलिए वृक्षों की छाया तनों रूपी भवनों में समा जाती। लुएं चलतीं, तब चन्द्रकला के पास पड़े बिहारी को लगता मानो वसन्त के विरह में गीष्म उच्छ्वसित हो रही हो।

वर्षा आती। घनघोर मेह बरसता। मेघों में और अंधेरे में कोई भेद नहीं रहता। रात और दिन दोनों मिलकर एक हो जाते। केवल चकवी और चकवे को देखकर ही उनका अनुमान किया जाता। वियोगिनियों को पावस का बादल पृथ्वी पर अन्धकार फैलाता हुआ ऐसा लगता मानो वह संसार को जलाता हुआ चला आ रहा हो। किन्तु वे बादल प्रेमी के हृदय में प्रेमिका की स्मृति जगा देते। जब वे झड़ी लगाकर बरसते तो लगता मानो वे धरती को स्पर्श किए ले रहे हों, मानो वे पृथ्वी को चूम रहे हों। वर्षा के अन्धकार में अभिसारिकाएं छिप जातीं। ऐसी लगतीं मानो चंचल दामिनी नीले मेघों में दिखाई देती।

यही वह वर्षा थी जिसमें एक बार इन्द्र ने क्रुद्ध होकर प्रलयमेघों से ब्रज को डुबो देना चाहा था। उस समय गिरिधर ने गोवर्धन उठाकर प्रसन्न मन से सुरपति के गर्व का हरण किया था। इस वर्षा ऋतु में कोई मानिनी व्यर्थ का हठ कैसे करती, क्योंकि भले ही और गांठे इस ऋतु में कड़ी हो जाती हों, परन्तु मन की गांठ खुल जाती है। प्रियाएं अपने प्रियतमों के कंठ में भुजाएं डालकर अट्टालिकाओं पर चढ़ीं, मेघों को विद्युत की भांति देखा करती हैं। सभी स्त्रियां अपनी-अपनी बुरी प्रवृतियों को छोड़कर अपने प्रियतमों के साथ आनन्द करने लगती हैं। यह तो वह ऋतु ठहरी जिसमें वृद्ध भी सरस हो जाते हैं। कदंब पुष्पों की गन्ध को सूंघकर अकेला कौन रह सकता है। विरहिणियों को यह बादलों की झड़ी आग की लपटों से भी अधिक कष्टकर होती है। वह आग तो छूने पर जलाती, पर यह तो आंखों से देखने-भर पर जला देता है।

शरद आती, मेघों का मण्डल टूट जाता। यात्री प्रत्येक दिशा में चलने लगते। शरद के सूर्यरूपी सूरवीर राजा ने आकर सारे संसार में सुखद व्यवस्था कर दी।

किन्तु उधर बगावत की खबरें आती थीं। वहां शांति कहां थी।

उसके लिए अब शरद ऋतु एक नायिका थी। उसके लाल-लाल कमल रूपी कर-चरण थे, खंजन रूपी नयन और मुख था उसका चन्द्रमा-सा।

फिर आती हेमन्त।

सारे संसार के दम्पति रसलीन हो गए। ऐसे कि विछुड़ना ही उनकी मौत थी। काम...सर्वत्र काम छा गया। अगहन भी क्या है! वह काम को धनुष तक नहीं चलाने देता। रात विलास में अनन्त-सी लगती।

शिशिर ऋतु आती। उष्णता को कहीं ठौर न मिलता तो वह बिचारी दुर्ग समझकर स्त्रियों के वक्षों में समा जाती। धूप, आग और रुई का बल भी कम हो गया। आलिंगन के ताप का ही सहारा रह गया। धूप हो गई चांदनी-सी ठंडी। चकोरी भ्रम से उसे टकटकी लगाकर देखने लगी।

किन्तु विरहिन गांव में लुएं चलती रहीं, क्योंकि उसके दाह ने शिशिर को भी गर्म कर दिया।

आता बसन्त।

न पवन प्रखर, न तप्त, न शीतल। पुलक से ही शरीर पसीजने लगते। पलास के लाल-लाल फूल खिलने लगते। विरहिन के लिए तो यही सुखकर हो गया कि किसी पलास की डाल पर चढ़कर जल जाए। भला ऐसे निर्धूम अंगार के और कहां सकने की आशा थी!

पथिकों को वे पलास फूले-फूले देखकर भ्रम होने लगता कि दवाग्नि जल उठी है और वे चकित हृदय लिए घर लौटने लगते। वासंती सौरभ से भ्रमर तृप्त हो जाते और आम्रमंजरी के मधुमय पराग तथा वसन्त बेला की सुमधुर गंध से सिक्त होकर उन्मादिष्णु अन्ध मधुकरों के समूह ठौर-ठौर पर निंदियाते-से झूमने लगते। प्रत्येक दिशा फूलों से भर जाती। ऐसा लगता जैसे ऋतुराज वसंत ने किसी वियोगिनी को दण्ड देने को शर-पिंजर बनवाया हो। कोयल रूपी बटमार कामदेव से सम्पत्ति पाकर प्रवासी यात्रियों को वन-मार्ग में देखकर क्रोध से लाल-लाल आंखें करके कुहू-कुहू रूपी कुहौ-कुहौ (मारो-मारो) का शब्द कर उठते। परकीया नायिका गुलाबों की कलियों के खिलते ही अपने प्रेमी को कुंज में छोड़कर गृह की ओर चली जाती।

यों ऋतुएं बीत चलीं। कभी अंधेरा छा जाता, कभी चांदनी आती। चन्द्रमा ऐसा लगता जैसे आकार रूपी अगस्त्य वृक्ष की एक कली हो। प्रिया का मुख द्वितीया के चन्द्रमा-सा अमृत किरणें बरसाता। विरहिन को चांदनी अंधेरी-सी

लगती। यह चांदनी नहीं, चन्द्रमा के उदय होने के भय से नीला अंधेरा ही मानो पीला पड़कर भय से सफेद-सा दीखने लगता।

यों दिन बीतते जा रहे थे।

बिहारी डूबा हुआ था।

उसे अपना भविष्य अब नहीं सताता।

पुष्पों के पराग रूपी परिधान पहने, सुकुमारता के कारण थकी-थकी-सी मकरंद रूपी श्रमजल से अभिषिक्त, मन को सुख देने वाली वायु, नव-विवाहिता वधू-सी मंद-मंद गति से आती।

आधी रात को प्रेयसी-वायु दिन की तपन को हरती और छाती से लगकर सोती।

मथुरा के मंदिरों के घंटे, जो कि सुलतानी काल में धीमे बजते थे, मुगल काल में अकबर के समय से फिर प्रतिध्वनित होने लगे थे। जब बिहारी का मन ऊब जाता, वह दर्शन करता, या हूण देकर इठलाती ग्रामयुवती को देख जाता।

कुंज रूपी संकीर्ण सघन मार्ग में रुकता हुआ, झंझास्वर करता, झुकता-झूमता, मंद-मंद पवन रूपी अश्व अपने पैरों से धरती को खोदता, धूल उड़ाता हुआ चला जाता और बह जाता।

दुष्ट व्यक्ति रूपी बढ़इयों ने दुर्वचन रूपी कुठार के द्वारा सदा ही प्रेम रूपी तरु को काटने का यत्न किया, किन्तु वह थक गए, वह वृक्ष आज भी अपनी शाखाओं सहित हृदयस्थली में विकसित होकर फूला हुआ था। वास्तविक प्रेम सच्ची प्रेमिका में ही सम्भव था। शृंगार रूपी सरिता का स्रोत बहकर जितना तटवर्ती भूमि को काटता जाता है उतना ही उतना प्रेम रूपी तरु का आलवाल निरन्तर दृढ़ होता है। प्रेम रूपी नगर का संविधान ही विचित्र है। क्षण-भर कोई बस लो। फिर क्या वह और कहीं जा सकता है! यहां मारे हुए को ही बार-बार दण्ड मिलता है, और मारनेवाला सदैव प्रसन्न रहता है। यों जब चन्द्रकला ऊंची डाली पर लगे पुष्पों का चयन करती, तब तनिक उचकने के कारण उसके उरोजों के घेर की नोकों की छवि बाहर निकल आती और गोरे-गोरे पखौरे दिखाई देते। बिहारी की दृष्टि उसकी त्रिबली पर चढ़ते-चढ़ते अपने को लुटा आती। वह मौलसिरी के फूलों की माला को उसके कण्ठ में पहना देता। चन्द्रकला के रूप को उजागर छवि के कारण माला में नवीन श्री भर जाती। जब वे वन-विहार थे थक जाते तब घड़ी एक धूप से बचकर विश्राम करते। यमुना के तट पर तमाल तरुओं के साथ मालती पुष्पों के सघन कुंज सुन्दर भ्रमरों के समूह से ध्वनित होकर अत्यन्त प्रीति बढ़ाते।

चन्द्रकला झूला झूलती। बिहारी देखा करता। उसे ऐसा लगता मानो चन्दकला की पतली कमर कहीं झटका न खा जाए।

दिन जाते, रातें जातीं। बिहारी की शुभ कल्पना संस्कृति रूपी सफेद कागज पर काले-काले अक्षर जड़ती रहती।

2

गुजरात का अकाल मनुष्यों को बेघरबार करके चला जा चुका था। उसने लोगों की आंखें धंसा दी थीं, बाप बच्चे को खा गया था। हाहाकार और चीत्कार से गुजरात की धरती रो उठी थी। उन दिनों यातायात के साधन आज जैसे नहीं थे। इसलिए अनाज नहीं पहुंचाया जा सका और न पहुंचाने की किसी को फुरसत थी। क्योंकि दरबारों को विलासों और सत्ता के लिए होते संघर्षों से छुट्टी नहीं मिलती थी। वैभव और कलाएं महलों के चारों ओर सीमित थीं। विशाल सेनाएं पलती थीं जो विद्रोहों का दमन करती थीं और किसानों पर मनमानी लगान बांधे जाते थे। उस समय भूमि पट्टों पर दी जाती थी। मौरूसी किसान भी बेगार में बांध लिए जाते। तिसपर उच्च वर्ण निम्न वर्णों पर अपना अधिकार रखते थे। शासक वर्गीय हिन्दू और मुसलमान दोनों एक थे, इसलिए देश में धार्मिक दंगे नहीं थे, किन्तु मुसलमान तुरानी और ईरानी व्यापारी अभी तक हिन्दू व्यापारियों पर सवार थे। पंजाब के खत्री व्यापारी अब सिक्ख बनकर अपना अलग संगठन करने लगे थे। सर्वत्र भीतर-ही-भीतर असंतोष सुलग रहा था। जनता का स्तर बहुत गिर गया था, किन्तु फिर भी भारत जीवित था। इस समय वह जनता की भूमि में अपने सांस्कृतिक संगठन में लगा था, क्योंकि उसे सुल्तानकाल की लूट से अपेक्षाकृत छूट मिल गई थी। मेवाड़ थका पड़ा था, वह युद्ध करते-करते विश्रांत हो गया था। वर्ण-व्यवस्था के बंधन ढीले पड़ गए थे। गांव और नगरों की युवतियां महलों में गोलियां बनकर बरसती थीं। राजा और प्रजा दोनों ही जगह स्त्रियों के कटाक्षों का मोल था। स्वकीया के स्थान पर परकीया का महत्त्व बढ़ गया था। पातिव्रत्य की खाट में वासना के खटमल पल रहे थे। चारित्रिक उत्थान दिखाई नहीं देता था। कवि मस्त थे। कवि समझते थे कि वे प्राचीन कालीन भोज आदि

के समान राजाओं के आश्रित थे। तब भी शृंगार ही प्रमुख था। किन्तु भूल जाते थे कि भोज एक स्वदेशी सामंत था, जिसमें स्वाभिमान तो था ही, जो लोक का भी कल्याण करने की चेष्टा करता था। किन्तु इस समय के शासकों का लोकपक्ष बिल्कुल ही नष्ट हो चुका था। रनिवासों में छिपकर व्यभिचार चलता, क्योंकि राजा प्रायः तीन-तीन सौ, चार-चार सौ स्त्रियों को रखते और स्तंभन और पौरुष की दवाएं खाते। मानो एक उत्तेजित अवस्था में रहना ही उनका काम था। महाकवि तुलसीदास का बोया बीज लोक में रामराज्य की कल्पना जगा रहा था। प्रजा अकबर और जहांगीर को भोज और विक्रमादित्य की भांति नहीं मानती थी।

बिहारी देखता। सुशीला और निरंजन कृष्ण की अपनी दुनिया अलग थी। वह धार्मिक स्त्री थी। उसकी प्रतिहिंसा शांत हो चुकी थी।

बिहारी भीतर गया। सुशीला बालक निरंजन का गाल चूम रही थी। बिहारी ने देखा। सुशीला ने उसे देख लिया। वह मुस्करा दी। बिहारी को लगा जैसे वह पति के अभाव को इस प्रकार पूरा कर रही थी। किन्तु पत्नी में मर्यादा थी। सुशीला और चन्द्रकला में कितना भेद था! चन्द्रकला का मुख छवि से मिश्रित था। नीचे अंचल में वैसा ही लगता जैसे चन्द्रमा का शुभ प्रतिबिम्ब यमुना के जल-प्रवाह में झिलमिला रहा हो। जब वह श्वेत रंग की सहज रेशमी साड़ी पहनती तो शोभा और भी बढ़ जाती। ऐसा लगता जैसे उसके शरीर का आलोक जल-चादर के दीप की भांति प्रकाशित हो रहा हो। यौवन की आभा के कारण उसका शरीर सोनजुही के समान प्रदीप्त होता रहता। जब वह कुसुंभी रंग की चूनर ओढ़ लेती, तब उसके तन की शोभा दोरंगी हो जाती।

उसके नयन रूपी शिकारी, नीली साड़ी की ओट डालकर, हाथों के बल से, शांत अधरों वाले होकर, चुपचाप बिहारी के मन रूपी मृग का अचूक शिकार कर डालते। जब वह जरी के किनारे की साड़ी पहन लेती तब तो उसके गोरे रंग की कोई थाह ही नहीं मिलती। ऐसा लगता जैसे शरद् काल के चन्द्रमा के चारों ओर विद्युत-मंडल सुशोभित हो रहा हो। जब उसके महीन घूंघट में से उसके कान का गहना झुलमुली बाहर की ओर झलकता तब ऐसी शोभा लगती मानो सागर से कल्पवृक्ष की डाल अपने पल्लवों के साथ लहरा रही हो। जब वह स्नान करके मस्तक पर लाल बिंदी लगाती तब लगता कि बिखरे केशों के बीच राहु ने अत्यन्त वीरता से शशि को सूर्य के साथ पकड़ लिया हो। और कभी बिहारी सोचता जैसे रवि और शशि ने मिलकर राहु को हराकर पीछे हटा दिया हो। जब

वह ललाट पर रत्नजटित टीका लगाती तब लगता मानो सूर्य ही चन्द्रमंडल में आकर उसकी कांति बढ़ा रहा हो। तब बिहारी सोचता कि बिंदी लगाने में जो लोग सौन्दर्य का दस गुना बढ़ना कहते हैं, वह ठीक नहीं, यहां वह कई गुना बढ़ जाता है। वह अंग-अंग में नगों से जगमगाती, ऐसी लगती जैसे दीपशिखा-सी देह थी। दीपक बुझा देने पर भी घर में घना उजाला किए रहती। बिहारी, रूप का प्यासा बिहारी उससे मुग्ध रहता।

सुशीला को इन सब बातों से मतलब नहीं था। उसे अपने दान, धर्म, व्रत और निरंजन से मतलब था। परन्तु एक बात में वह चौकस रहती। जब मायके वाले कुछ मांगने आते तब वह कहती, ''घर के मालिक से पूछ लें।''

तभी संवाद आया कि खानखाना फिर इज्जत पा गए हैं और दिल्ली लौट आए हैं। किन्तु बिहारी नहीं गया। खानखाना फिर आगरा आ गए। शाहज़ादा खुर्रम को अभी भी शाहंशाह की कृपा प्राप्त नहीं हुई थी। वही नूरजहां जिसने खुर्रम को अपनी भतीजी मुमताज महल ब्याही और सोचा था कि उसे सल्तनत का मालिक बनाएगी, अब अपनी खास बेटी को उसके भाई को व्याह कर उसके विरुद्ध हो गई थी, किन्तु निस्सन्देह खुर्रम प्रचण्ड और योग्य था। उसके भाई उसकी तुलना में चतुर नहीं थे। फिर भी कुछ कहा नहीं जा सकता था। अभी तक साम्राज्य का भविष्य स्पष्ट नहीं हुआ था। उसकी विद्रोही सेनाओं को जब जरूरत होती तब खड़ी फसलें काट लातीं और लूटतीं और बढ़ जातीं। महावत खां साथ था।

कुछ महीने और बीत गए।

दिन बीतते देर नहीं लगती। मनुष्य का हृदय सदैव अपने भविष्य के प्रति जागरूक रहता है, यह बात और है कि वह अपने व्यसनों में ऐसा डूब जाता है कि प्रयत्न करके भी ऊपर निकल नहीं पाता। शाहंशाह जहांगीर का ऐसा ही हाल था। वे दुखी थे, किन्तु उस गम को भुलाए रहते थे। सल्तनत एक नशा था, जिसके पीने के पहले मनुष्य बौरा जाता था क्योंकि उसके अधिकारी की कल्पना ही कितनी सुखद थी। अमीर उस वैभव को देखते और फिर उसे देखते ही रह जाते। तूरानी और ईरानी अमीर अभी भी भारत में आकर बसते थे।

फिर दिल्ली से खबर आई कि खानखाना सदा के लिए संसार से चले गए। वह रहीम जिसका मन कृष्णचन्द्र की ओर लगा रहता था चला गया। अकबर के समय के वे विद्धान थे, इस्लाम की कट्टरता पर हंसते थे—फैजी, अबुलफजल ...उनकी परंपरा का अन्तिम विद्धान सदा के लिए सो गया था।

बिहारी को लगा कहीं कुछ खो गया। याद आया, वे कहते थे :

'ज्यों नाचत कठपूतली, करम नचावत गात
अपने हाथ रहीम ज्यों, नहीं आपुने हाथ।'

एक-एक चित्र याद आने लगे। आगरे के वे दृश्य फिर आंखों के सामने घूम गए। हृदय व्याकुल हो उठा।

उसे केशवदास की याद हो आई। कितना बड़ा कवि था। वह भी चला गया। सचमुच कोई अमर नहीं होता। तो क्या बिहारी भी चला जाएगा? अवश्य जाएगा! परन्तु क्या वह भी ऐसी ही अक्षय कीर्ति छोड़ कर जा सकेगा?''

प्रवीणराय सामने आ गई। बिहारी ने सोचा। 'चन्द्रकला, चन्द्रकला तो प्रवीणराय के पांवों की धूल भी नहीं।''

तो क्या वह इतने दिनों सेंवल से आशा लगाए तोते की तरह बैठा रहा? वह भीतर-ही-भीतर कातर हो उठा।

उधर नूनजहां की कुटिल गतियां हारने लगीं।

गर्मियां बीत चली थीं। शाहंशाह जहांगीर गर्मियों में कश्मीर चले जाते थे, क्योंकि आगरा और दिल्ली बहुत गर्म थे। लौटते समय वे भिम्बर में आकर रुके कि उनकी तबीयत बिगड़ने लगी। यह बात बिहारी तक नहीं पहुंची।

तभी भयानक समाचार आया कि भिम्बर में ही अस्वस्थ होकर आखिरकार परम विलासी शाहंशाह जहांगीर मर गए। उनको नूरजहां ने शाहदरे में दफन किया और उस पर मकबरा बनवाने लगी। नूरजहां ने साम्राज्य की चालों से हाथ खींच लिया।

किन्तु बिहारी प्रसन्न था। विलायत तक जिस मुगल साम्राज्य की ख्याति थी, जिसके दरबार में विदेशों के दूत आते थे, अब उसके आश्रयदाता के हाथ में आ गया था क्योंकि शाहज़ादा खुर्रम अब बादशाह शाहजहां बन गया था। उसने तख्त पर आते ही अपने शत्रुओं से बदला लिया।

बिहारी पुलक उठा। अब उसे अधिक आशाएं थीं।

वह भीतर गया।

उसने कहा, ''सुशीला हमें आगरे जाना है।''

''क्यों?''

''शाहज़ादा खुर्रम अब शाहंशाह शाहजहां है।''

''सच!!'' सुशीला भी प्रसन्न हुई। बोली, ''तुम्हें तख्तनशीनी के समय वहीं रहना चाहिए था।''

बिहारी को अपनी भूल का अनुभव हुआ। वह भेंट देने के समय वहां नहीं रहा। न उसने इनाम पाया। पर अभी देर नहीं हुई थी।

जब वे आगरे पहुंचे तब नगर में नया कोलाहल था। सब जगह नई शक्ति का वर्णन हो रहा था।

किन्तु भीतर-ही-भींतर कई पुराने अमीर जल रहे थे।

लोग तरह-तरह की बातें करते।

''मलिका चुप नहीं बैठेगी।''

''तो शहरयार क्या खुर्रम से मजबूत निकलेगा?''

''अरे, चुप-चुप खुर्रम नहीं, शाहजहां!''

अनेक अफसर बिहारी की खुशामद में आने लगे, यह देखकर स्वयं बिहारी को आश्चर्य हुआ। परन्तु उन अफसरों के मन में डर था। कहीं शाहजहां की नजर उन पर न पड़ जाए। अतः बिहारी को उन्होंने काफी भेंट लाकर दी, यह इसलिए कि वह उनकी कुछ सिफारिश कर दे।

बिहारी ने मिलने की इजाजत मांगी। शाहंशाह उस समय व्यस्त थे। बिहारी ड्यौढ़ी पर खड़ा रहा।

हुक्म हुआ : कल आ सकते हो।

मन में वह सकुचाया। परन्तु और कोई चारा नहीं था। उसने स्वयं भी तो भूल की थी। फिर अब वे शाहंशाह हैं। कितना काम होगा उनको। वह दूसरे दिन की आतुर प्रतीक्षा करता रहा। अब वह भीतर पहुंचा शाहंशाह के सामने उसने जाकर कोर्निश की।

शाहंशाह मुस्कराया।

पूछा, ''अच्छे हो कविराइ?''

कल का राजकुमार आज सम्राट् था।

बिहारी ने कहा, ''इतने दिन बाद आगरा आने की हिम्मत हुई, दिन काट रहा था।''

शाहजहां के व्यवहार में असीम गौरव और अभिमान था। कहा, ''तुम डर रहे थे कविराइ?''

''मेरा मालिक चूंकि यहां नहीं था।''

शाहजहां प्रसन्न हो गया।

उसी समय वीरसिंह जू बुन्देले की मौत की खबर आई! जहांगीर की नाक का बाल था वह। उससे नूरजहां शायद अभी भी उम्मीद लगाए बैठी थी। उसका

बेटा जुझारसिंह इस समय शाहजहां से डरा हुआ था, क्योंकि वीरसिंह शहरयार के पक्ष में था।

बिहारी ने कहा, ''शाहंशाह! इजाजत हो तो अर्ज करूं?''

''कहो कविराइ।''

''शत्रु छोटा भी बुरा होता है।''

''क्यों?''

''शाहंशाह खटमट क्या करता है? नींद बिगाड़ता है।''

शाहजहां खुश हुए। बोले, ''तो तुम यही कहते हो?''

बिहारी ने कहा :

> ''कागज पर लिखत न बनत, कहत सन्देसु लजात।
>
> कहिहैं सबु तेरो हियौ, मेरे हिय की बात।''

शाहजहां प्रसन्न हो उठे।

बिहारी को खिलअत मिली। उसने बार-बार सलाम किया।

लोगों ने उसे बधाई दी।

शाहजहां अपने दल को प्रसन्न करता रहा था। उसके चतुर नयनों ने देख लिया कि बिहारी काम का आदमी था। बिहारी इसको नहीं समझ सका।

वह घर आ गया।

सुशीला ने खिलअत की सुनी तो प्रसन्न हुई। बोली, ''शाहंशाह खुश तो हुए?''

''हां,'' बिहारी ने कहा।

पर मन भारी-भारी था।

क्या खटक रहा था भीतर? बिहारी समझ नहीं पा रहा था। शायद बिहारी और भी अधिक मर्यादा प्राप्त करना चाहता था। किन्तु क्या यह उसकी भूल नहीं थी? क्या ऐसा हो सकता है? वह तुरक नहीं, हिन्दू था।

शाहजहां बहुत ऊपर उठ गया था। उस तक पहुंचना अब कठिन था। यदि बिहारी किसी हिन्दू राजा का आश्रित होता तो संभवतः उसका सम्मान अधिक हो सकता था।

यह, बिहारी अब शाहंशाह शाहजहां के विषय में क्या सोच रहा था। सच है, आज उसने पहले का-सा समय नहीं दिया, किन्तु बिहारी का सम्मान नगर में तो पहले से कहीं अधिक बढ़ गया था। अब और भी अधिक अमीर-उमरा उसके पास आते थे। बिहारी के दोहों की कितनी अधिक प्रतिलिपियां होती थीं

जो दूर-दूर तक भिजवा दी जाती थीं। लेखक लगे ही रहते थे।

बिहारी ने एकान्त में लिखा कि उसका मन सन्तुष्ट नहीं था। किन्तु न जाने क्यों उस दोहे को रखने का उसे साहस नहीं हुआ। उसने उसे दीपक पर जला दिया। यह वह क्या कर रहा था? क्या वह कायर था? किन्तु हठात् ध्यान आया यह वह क्या व्यर्थ की बात सोच रहा था?

और कोई चारा नहीं था। आश्रयदाता से भी कभी कोई मान कर सकता है! जैसे स्वकीया कितने ही मान कर ले, किन्तु पति के सामने आने पर उसे हंसी आ ही जाती है, उसी प्रकार आश्रित को अपने आश्रयदाता के सामने होना चाहिए।

बिहारी ने तब यह अनुभव भी नहीं किया कि उसके भीतर उसके कवि-हृदय के स्वाभिमान की गली संकरी हो गई थी।

और तब उसे ध्यान आया। सबको अपनी सीमा में रहना चाहिए। आंखें फाड़कर देखने ही से तो आंखें बड़ी नहीं कहला सकतीं।

फिर शाहंशाह से क्या सम्मान! वह तो सबसे ऊंची जगह है।

पर फिर याद आया।

क्या वह मनुष्य नहीं होता? क्या उसको तुच्छ मानने वाले नहीं हो सकते? वह तो किसी साधू का काम था। तुलसीदास थे। वे किसी की चिंता नहीं करते थे। क्या था उनका जीवन! विरक्त थे वे। संसारी तो नहीं थे।

और तभी बिहारी का मन अतीत में घूम आया।

स्वामी नरहरिदास की याद आई। स्वयं शाहंशाह जहांगीर उनके दर्शन करने गया था तो वे कितने बड़े आदमी थे। क्या बिहारी उनके समान था? नहीं। बिहारी का मन छोटा हो गया।

किन्तु जब कपूर से सिंचित पान खाया, मन का भार कम हो गया। वह सब कुछ भूल जाना चाहता था।

परन्तु आज मन अस्थिर हो चुका था। आज उसे अतीत याद आ रहा था।

वह भीतर गया। एकान्त में लेट गया। आंखें मूंद लीं। पता नहीं कब आ गई वह।

सुशीला ने सिर पर हाथ फेरा।

स्पर्श से ही बिहारी समझ गया। तो वह स्त्री उससे दूर नहीं है?

''सुशील!''

वह सिहर उठी।

बहुत दिन बाद यह स्वर सुनाई दिया था उसे।

बोली नहीं।

बिहारी ने दुहराया, ''सुशील!''

''क्या?'' उसने धीमे से कहा।

बिहारी कुहनी टेककर बैठ गया।

''सुशील, मैं कहां से चला था!''

''जहां से आंख खुली थी।''

बिहारी ने उसकी आंखों में झांका।

''अब कहां जाना है?'' उसने पूछा।

''वहां तक, जहां तक आंखें नहीं मुंद जातीं!''

''तो यह सब झूठ है?''

वह बोली, ''यह तो संसार है स्वामी! सब गिरधर और राधा की माया है।''

''और हम!'' बिहारी ने कहा, ''मैं ही यह नहीं मानता था अभी तक सुशील! अच्छा, तुम भी यही सोचती हो न?''

''और सोचूं भी क्या! भाग्य के खेल हैं यह।''

''भाग्य के!'' उसने दुहराया।

वह वहीं बैठी रही।

वह उसकी जांघ पर सिर रखकर सोने लगा।

आज कितने दिन बाद वह सो रहा था इस तरह! क्या वह इस स्त्री के प्रति अनुरक्त है? क्यों नहीं? प्यार वह अब भी इसे ही करता है। बाकी सब वैभव है, दैहिक है, काव्य और शृंगार है।

वह सो गया।

वह जगा तो देखा वह चली गई थी।

मन टूक-टूक हो गया।

वह उठा। कहां गई होगी?

देखा, वह निरंजन के पास सो रही थी।

बिहारी को लगा, सब कुछ सूना-सूना-सा था। सुशीला के लिए अब वही नहीं था। उसके निरंजन को भी तो उसकी जरूरत थी।

बिहारी चन्द्रकला की ओर बढ़ा, पर उसे लगा कि वह माला बासी हो चुकी थी।

मलिका मुअज़्ज़मा मुमताज बेगम की मृत्यु हो चुकी थी और शाहजहां ने ताजमहल का निर्माण प्रारम्भ कर दिया था। बुन्देल-विद्रोह समाप्त हो चुका था। जबरन भारतीयों को हुगली में ईसाई बनाने वाले पुर्तगाली व्यापारी या तो मुसलमान बना लिए गए, और जो नहीं बने गुलाम बना लिए गए थे। दक्कन में फिर सुलतानों ने सिर उठा दिया था। स्वयं शाहजहां इस विद्रोह को कुचलने गया हुआ था। अहमदनगर का सुलतान हार गया। गोलकुण्डे के कुतुबशाही सुलतान ने सिर झुका दिया इस युद्ध में शाहंशाह शाहजहां के साथ शाहज़ादा आलमगीर था।

बिहारी अपनी वृत्ति पाने के लिए इस बार स्वयं जोधपुर चल पड़ा। वह ऊब गया था बैठे-बैठे।

जोधपुर पहुंचने की खबर महाराज को पहले ही पहुंचा दी गई थी। बिहारी के ठहरने का उन्होंने बहुत ही सुन्दर प्रबन्ध कर दिया था। विशाल भवन था। जनानखाने में सुशीला ठहरी। चन्द्रकला को अलग भवन दिया गया। बिहारी ने अपने लिए अलग भवन चुना।

महाराजा जसवन्तसिंह महल में थे।

बिहारी ने जुहार की।

बिठाया। कुशल-क्षेम पूछी।

बिहारी ने भेंट दी। महाराज ने इनाम।

एक मास बीत गया।

बिहारी एक दिन बैठा था कि महाराज का मुंहलगा नौकर मोहन आया और महल में बुला गया। बिहारी पहुंचा।

राव कल्याणसिंह शालिहोत्र के ज्ञाता थे। वे राज्य में बड़े सम्मानित वृद्ध व्यक्ति थे। स्वयं भी कुछ लिख लेते थे।

बिहारी ने उन्हें देखा तो प्रणाम किया। उन्होंने बिहारी को आदर से बिठाया।

इधर-उधर की बातें हुईं, फिर राव राजा घोड़ों की चर्चा पर उतर आए। उनका यह सौहार्द्र प्रकट करता था कि उन्होंने उसे अंतरंग मान लिया था और वे बिहारी को देख प्रसन्न हुए।

उनकी दाढ़ी ऊपर कढ़ी रहती। शाम को अफीम वे नित्य खाते थे। जब उन्हें ज्ञात हुआ कि बिहारी ब्राह्मण था तो उठकर चरण स्पर्श किए और बोले, ''अभी धर्म तो नहीं उठ गया।''

बिहारी का मन गद‍्गद हो गया।

"समय का फेर है," वृद्ध ने फिर कहा, "दिल्ली-आगरा की और बात है, जोधपुर जोधपुर है।"

कुछ देर पीछे महाराज के सामने बिहारी ले जाया गया। महाराज ने प्रणाम किया। बिहारी ने संस्कृत में आशीर्वाद दिया।

महाराज ने सुना तो प्रसन्न हो गए।

बिठाया।

खूब सत्कार किया।

बोले, "आ गए कविराइ। अच्छा किया।"

आए महीना-भर हो चुका था, पर महाराज को फुर्सत अब ही मिली थी।

"आज्ञा दें।" बिहारी ने कहा।

"कैसी आज्ञा! अब शहंशाह को दक्कन से चैन कहां। अब यहीं रहें।" फिर बोले, मैं भी लिखता हूं न? आप सहायता दें।"

फिर बोले, "वही नाटक फिर हो रहा है! खुर्रम को जहांगीर ने दक्कन भेजा था। शाहजहां भेज चुका है आलमगीर को। क्या ध्यान में आता है! आलमगीर चतुर है! है न?"

"अभी तरुण है," बिहारी ने कहा।

"राजपूतों के लिए यह सब एक हैं," महाराज ने कहा, "पर समय की बात है। आप यहीं रहें। रहेंगे न?"

"महाराज की आज्ञा है तो मैं कौन..।"

सुशीला ने सुना और देखा।

"फिर?"

"अब जब तक आज्ञा मिले।"

वह बाहर आ गया।

जोधपुर में दूसरी बात थी। बिहारी स्वतंत्र हो गया।

महाराज ने सारे प्रबन्ध कर दिए। यहां सुन्दरियों का अभाव नहीं था। बिहारी ने देखा—चन्द्रकला इनके सामने कुछ भी नहीं थी। सुन्दरियों ने उसे घेर लिया। अब एक वैद्यराज बिहारी की सेवा में भी रहते। महाराज अक्सर बिहारी को अपने रंगमहल में बुलाते।

दिन पर दिन बीतते चले गए। नृत्य होते, गीत होते। महाराज कभी-कभी बिहारी को अपने हाथ से पान खिलाते। महाराज के भाई दुर्गादास परमवीर थे।

वे शिकार में रहते। वे भी बिहारी का बड़ा सम्मान करते। बिहारी स्वयं पंडित था, इसका उन पर बड़ा प्रभाव था।

बिहारी वैभव और विलास में डूबा रहता। नायिका के नेत्र कामदेव रूपी महामुनि से योग की युक्ति सीखकर प्रिय में अद्वैतता करने की इच्छा रखकर उधर कानन-सेवी हो गए। इधर बिहारी का मन उन नयनों का सेवक हो गया। राधा और कृष्ण की क्रीड़ाएं हो उठीं।

सुशीला के पास एक ही काम था। वह निरंजन कृष्ण को लिए रहती। अब वह बड़ा हो गया था। वह उसे पंडित से पढ़वाती। उसकी देखभाल करती। उसके मन के अभाव अपने को उसके सुख-दुख में निहित कर देना चाहते थे। पुत्र भी बड़ा आज्ञाकारी था। कभी पिता अर्थात् बिहारी के पास जाकर बैठता। बिहारी भी उससे प्रसन्न रहता। किन्तु सुशीला को इससे जैसे मतलब नहीं था। उसके दान-दक्षिणा, व्रत-नियम अखण्ड थे। परेशान थी तो चन्द्रकला। बिहारी से भेंट कभी-कभी होती। परन्तु वैभव की उसे कमी नहीं थी।

उधर बिहारी और महाराज दोहे रचते। दस बिहारी लिखता तो एक महाराज भी लिखते, फिर बिहारी उसे मांजता। जब महाराज प्रसन्न हो जाते तो वे बिहारी को कुछ नया इनाम देते। कभी कोई नई गोलिन उसके यहां भेज दी जाती।

बिहारी को नायिकाओं के उन नेत्रों ने जीत लिया था। जिन्होंने बलपर्वूक कामदेव के बाणों को भी हरा दिया था। उनके नेत्र हिरनी के नेत्रों से भी अधिक सुन्दर थे, जिसमें श्वेत, श्याम और लाल तीनों ही रंग झलकते थे। उन्हें देखकर मछली जल में जा छिपती थी और कमल लज्जित हो जाता था। वे नयन थे! वे इतने चतुर थे कि भरे भवन में सबके सामने संकेत से ही सब बातें कह जाते थे। कहना, नटना, रीझना, खीझना, मिलना, खिलना, लजाना—उन नैनों से क्या बचा था।

उस दिन संध्या हो चली थी। प्रकोष्ठ में कंवल जला दिए गए थे। नृत्य समाप्त हो चुका था।

सामने एक ग्रंथ रखा था। महाराज और बिहारी दो ही वहां थे। बाकी सब हटा दिए गए थे।

''महाराज, ग्रंथ पूर्ण हुआ।''

बड़ा ग्रंथ था—अलंकार ग्रंथ।

''धन्य है।'' महाराज ने कहा। बिहारी ने सिर झुकाया।

महाराज ने ललचाई दृष्टि से देखा।

"कवि होना तो बड़ी बात है।"

"महाराज भी तो कवि हैं।"

"हैं, नहीं हैं, बराबर हैं।"

"क्यों! यह सब और किसका लिखा है?"

"मेरा इसमें कितना-सा होगा?"

बिहारी ने उनका नाम लिख दिया।

"क्या करते हो?"

"जिसकी वस्तु है उसी को लौटा रहा हूं।"

महाराज का सिर झुक गया।

इस घटना को सुशीला भी नहीं जान सकी कि वैभव महाराज के पास था, किन्तु अमरता बिहारी के पास थी।

अब बिहारी का मन फिर ऊब चला था।

तो किधर जाए वह?

उसे याद आया।

सुशीला लेटी थी।

बिहारी ने कहा, "चलो सुशील।"

"कहां?" उसने खड़े होकर कहा।

बिहारी उसका हाथ पकड़कर बैठ गया।

बैठ गई वह भी।

"मथुरा।"

वह चौंकी।

"क्यों?"

"अब यहां कब तक रहोगी?"

"क्यों, किसी ने कुछ कहा?"

"वृत्ति लेते हैं हम। कविता लिखते हैं। हमसे कोई कुछ क्यों कहेगा? हमें सौन्दर्य से मतलब है। हम तो वाणी के सेवक हैं।"

"ठीक है, फिर चलें क्यों?"

"यात्रा में अनुभव होता है। एक जगह बंधकर पानी भी गंदला जाता है।'

"तो किधर चलोगे?"

"राह में जयपुर पड़ेगा।"

"महाराज जयसाह के यहां?"

“हां, पुराने आश्रयदाता हैं, प्रसन्न हैं मुझपर।”

“तो फिर चलो। मैं भी ऊब गई थी।”

वे जयपुर चल पड़े। महाराज ने अपूर्व सम्मान के साथ विदा दी और कहा, “वह बात भूल जाना कविराइ, जो मैंने आलमगीर के बारे में कही थी।”

बिहारी को महाराज की उस राजनीतिक स्मरण-शक्ति पर आश्चर्य हुआ जो इस विलास में भी इतनी जागरूक थी। बिहारी ने कहा, “ब्राह्मण क्षत्रिय का पहले है महाराज! मुगल का बाद में। अब आप भी इसे भूल जाइए।”

“वचन देता हूं।” महाराज ने कहा।

पांच

अंधेरा हो चला था। चारों ओर नीरवता छा रही थी।

"अब कितनी दूर है?"

"बस आ पहुंचे।"

"वहीं है?"

"और आगे है।"

"वह आमेर के दीपक ही तो हैं।"

"हां, वही हैं।"

गढ़ के बाहर फाटक पर वे सब रुक गए।

"खोलो भाई।"

'रात के मेहमान हैं।"

"कौन है? कौन है।" कोई कोट पर से चिल्लाया।

"यहां का नायक कौन है?"

"तुम क्यों पूछते हो?"

"हम भीतर जाना चाहते हैं। हमारे मालिक जोधपुर से आ रहे हैं आमेर में उन्हें महाराज जानते हैं। कविराइ बिहारी लाल है।"

द्वार खुल गया।

कोतवाल आगे बढ़ आया।

"कहां हैं कविराइ?"

बिहारी का रथ बढ़ा।

"ओ हो, पालागन," कोतवाल ने कहा।

"बड़ा कष्ट हुआ आज।"

"वाह महाराज! हमारा और काम ही क्या है।"

''आ जाओ सब भीतर!''

''अब द्वार बन्द कर दो।''

वे सब भीतर घुस आए।

बिहारी के आने का संवाद दूसरे ही दिन नगर में फैल गया। पहाड़ी पर बसा था आमेर। हवेलियों के ऊपर कनाटेदार छतरियां थीं।

ठाकुर जोराबरसिंह जू मिले। वे रानी के मामा थे। करौली के सरदार सांवलदास के साले थे। उनकी भांजी इस समय महारानी थी। किन्तु समय अपनी पीठ दिखा रहा था। अनन्तकुंवरि चौहानी से राजा जयसिंह ने मुंह फेर लिया था।

महाराज जयसिंह ने एक नया विवाह किया था। नवोढ़ा के प्रेम ने उन्हें बांध लिया था। न वे राज्य देख पाते थे, न किसी और को। रात-दिन उसी रानी के पास पड़े रहते। राज्य में इस घटना से काफी विक्षोभ पाया जा रहा था। प्रबंध बिगड़े हुए थे। उन्होंने सारी घटना सुनाई।

''ऐं?'' बिहारी ने कहा, ''कब से यह हाल है?''

''महीने हो चले।''

''राजमंत्री उनसे मिले?''

''गए थे किन्तु महाराज मिले नहीं।''

''हां!!'' बिहारी ने आश्चर्य से कहा, ''ऐसा कैसे हो सकता है। राजपुरोहित को नहीं भेजा?''

''क्यों नहीं भेजा। राज्य के सबसे वृद्ध विद्वान हैं पंडित रामवल्लभ, उन्हीं को भेजा था।''

''फिर?''

''फिर क्या कविराइ।''

''तो भी तो।''

''बोले महाराज, इस समय नहीं मिल सकते।''

''कहते हैं, पृथ्वीराज चौहान की भी यही दशा हुई थी।''

''सब भगवान जानें, किन्तु तब चन्द वरदाई थे, जिन्होंने पृथ्वीराज को पंगानी की मोह-निद्रा से जगा दिया था। आज के कवि वृत्ति लेते हैं परन्तु उनकी सरस्वती में वह चुभन नहीं रही। पहले राजा कवि और वारहट रखते थे। क्यों? ताकि कोई निडर होकर उनके अपराधों को बता सके, आज के कवि डरते हैं।''

बिहारी को आश्चर्य हुआ। उसको बुरा भी लगा। उसने कहा, ''बड़ों की बुराई कौन कह सकता है? विधाता ने गुलाब की डाली को कांटों से भर दिया है।''

जोराबरसिंह दबे नहीं। बोले, ''बस यही तो बात है। लेकिन विधाता ने जिन्हें वाणी दी है, यदि वही न बोले तो...?''

''आमेर राज्य में क्या कवि नहीं, जो महाराज की भूल दिखा सकते?''

''इतनी ही बात हो जाती तो यह हालत होती ही क्यों? इसी का तो अभाव है।'' उन्होंने फिर कहा, ''लेकिन खबर अगर आगरा पहुंची तो कैसी होगी?''

''क्यों?''

''दिल्ली और आगरा यह सुनें तो आमेर का क्या होगा? बादशाह नाराज नहीं होंगे?''

जोराबरसिंह ने एक बार गूढ़ दृष्टि से देखा और कहा, ''यह सब तभी तक है, जब तक महाराज के कानों तक बात नहीं पहुंचती कि मुगल बादशाह सचेत है। चकत्ता का घराना चकत्ता का घराना है।''

वे चुप हो गए। बिहारी सोच में पड़ गया।

फिर वह चले गए।

बिहारी जिन आशाओं को लेकर आया था, वे अब पूर्ण होती नहीं दिखाई देती थीं। उसने सोचा क्या था, और हो क्या रहा था।

वह सो गया।

वह जागा तब भी मन भारी हो रहा था। उठकर उसने मुंह-हाथ धोने को नौकर पुकारा।

धीरे-धीरे पहाड़ियों के पीछे जाकर सूरज ढल गया और शांत सुशीतल संध्या हो गई।

द्वार पर फिर ठाकुर जोराबर दिखाई दिए। राजसी वेश में थे। तलवार बगल में लटक रही थी। ऐंड़दार जूतियां पहने थे और मूंछें ऊपर तनी हुई थीं। बिहारी स्वागत को उठ खड़ा हुआ।

''आइए।''

वे आकर बैठे।

''कैसे फिर कष्ट किया?'' बिहारी ने विनीत स्वर में पूछा।

वे कुछ क्षण ठिठके।

''मुझे महारानी ने भेजा है,'' उन्होंने धीरे-धीरे कहा।

''आज्ञा।''

जोराबरसिंह ने कहा, ''आमेर की गद्दी का सवाल है।''

''और करौली क्या कहती है?''

''वह धर्म की ओर है।''

''राजा की मनमौज है। कब नहीं सुना कि राजा नई-नई रानियां रखते हैं! आपके महल में कितनी स्त्रियां हैं?''

वे चुप रहे।

''आप बताते डरते हैं?''

''मेरे पास डेढ़ सौ हैं।'

''आप यह जानते हैं, आमेर राज्य बहुत बड़ा है आपसे। यहां हजारों हैं। फिर यदि वह आपकी भांजी है, तो क्या, राजा पुरुष है और स्त्री पर उसका अधिकार है।''

''मैं अपनी भांजी के लिए नहीं कहता, राज्य के लिए कहता हूं। ऐसे राजा को उसके रिश्तेदार ही मार सकते हैं। राज्य क्या होता है जानते हैं?''

बिहारी सुनता रहा। वे कहते रहे, ''यह कलियुग है। राम और भरत का युग नहीं। खुर्रम और शहरयार का समय है। इसी से महारानी ने आपको याद किया है।''

''मैं परदेसी हूं। मैं इसमें क्या कर सकता हूं?''

''वह महारानी जानें।''

''उन्होंने कुछ कहा होगा।''

''जो उन्होंने कहलाया है वह आपको बताए देता हूं।''

''सुनाइए।''

''कहा है–बिहारीलाल सच्चे कविराइ हैं। खुशामदी नहीं। वे अवश्य अपने वृत्तिदाता का भला सोचेंगे। अब मैं तो कह चुका। आगे आप ही सोच लें। आप कल पधारें। स्वयं बातें कर लें। पालकी आ जाएगी।''

वे खड़े हो गए।

बिहारी असमंजस में पड़ गया।

''मैं आऊंगा। मैं हाजिर हो जाऊंगा।''

वे चले गए।

बिहारी सोच में पड़ गया। अब उसे जाना पड़ेगा। उसने कह दिया है। क्या राजा बाद में यह जानकर बुरा मानेंगे?

'मैं हाजिर होऊंगा!' क्यों कहा उसने? राजा है तो सौ रानियां हैं। उपेक्षित रानी की तरफ से बोलना पूरी मुसीबत ठहरी। यह उसने अपने-आप क्या आफत मोल ले ली।

किन्तु तीर हाथ से निकल चुका था।

सुबह बीत गई तब पालकी आ गई। कहार उसे ले चले। धीरे-धीरे वे पहाड़ के ऊपर चढ़ चले। बिहारी का मन भीतर-ही-भीतर व्याकुल-सा हो रहा था।

धीरे से पर्दे के पीछे से एकबांदी ने कहा, "महारानी जू पालागन करती हूं ब्राह्मण देवता को।"

बिहारी ने आशीर्वाद दिया।

बांदी ने कहा, "महारानी जू की आज्ञा है कि कविराइ राज्य का कल्याण सोचें।"

"विनय है कि सोचता हूं। कहना हो सो कहें।"

बांदी ने फिर कहा, "महारानी चिंतित हैं। महाराज स्त्री के पीछे राज्य की चिंता छोड़ बैठे हैं, पतिव्रता स्त्री इस बात की चिन्ता नहीं करती कि उसका पति कितनी स्त्रियां रखता है, क्योंकि ऐसा करना तो पुरुष के लिए सनातन है। सभी मर्द सदा से ऐसा ही करते आए हैं, करते हैं और करते रहेंगे। स्त्री तो परस्त्री से मिलकर रहती है। इसीलिए महारानी कहती हैं कि विलास करें महाराज, यह अधिकार तो उनका ठीक है लेकिन राज्य का कार्य क्यों छोड़ें, क्योंकि जो पुरुष स्त्री के हाथ बिक जाता है, उसका नाश भी शीघ्र हो जाता है। आमेर के राज्य में शत्रु हैं, जैसे चकत्ता के घराने में हैं। कविराइ समझ रहे हैं। क्या आमेर भी दिल्ली-आगरा बने?"

'नहीं, ऐसा कब कहता हूं मैं!'

"ब्राह्मण को क्षत्रिय कुल ही चाहिए न? अकबरशाह को हमारी हिंदुवानी की ओर, मैं देख रही हूं, महाराज मानसिंह और महाराज भगवानदास ने झुकाया था। मेवाड़ की तरह न तो आमेर बिना साधन के लड़ा, न उसने पक्ष गंवाया।"

बिहारी ने कहा, "यह तो ठीक है, व्यर्थ लड़कर मरना वीरता नहीं है। वीरता वही है जिसमें स्वार्थ की भी सिद्धि हो। आसकरन जाडा इसीसे जाकर अकबरशाह के पास पहुंचा था।"

पर्दे पर हवा डोल गई। दोनों ओर स्वार्थ था। मेवाड़ की प्रोज्ज्वल महिमा यहां कहां थी।

"तो अब हिन्दू राज रहे कि डूबे? एक बार आपस की फूट बढ़ गई," बांदी ने दुहराया, "तो कौन जाने क्या होगा!"

"मैं कोशिश करूंगा!" बिहारी ने कहा।

आवाज आई, "तो पधारें। भेंट मनावन पहुंच जाएगी।"

वह विदा लेकर चला।

धीरे-धीरे उतरा। सुन्दर महल थे। एक-एक जगह कला और सौन्दर्य था। यह सत्य था कि सब कुछ आगरे और दिल्ली के महलों से छोटा था, फिर भी यहां हिन्दू राजा थे हिन्दुत्व था।

बिहारी जब बाहर आया तो उसने एक लम्बी सांस ली।

सिल्लादेवी को सिर झुकाया। इस देवी को महाराज मानसिंह बंगाल के समुद्र में से उद्धार करके लाए थे। यहां अब भी इसके लिए एक भैंसा रोज कटता था। रक्त की गन्ध हवा में से उठा करती थी। वैष्णव बिहारी ने माथा झुकाया और सांस रोकता हुआ आगे बढ़ आया। उसने मन ही मन कहा, 'हे दयामयी! मेरी तपस्या का हल कर। जगदम्बे! मेरी लाज रख।'

बाहर क्यारियों में फूल खिले हुए थे। उनकी गन्ध की झकोरें यहां भी आ रही थीं। वह उस शोभा को देखता रहा। सब कुछ कितना शांत था। कभी भी युद्ध ने यहां विनाश नहीं किया, मेवाड़ धूल में मिल गया, किन्तु यहां! यहां कभी मनुष्य ने इतना अभिमान ही नहीं किया कि इस प्रकार उसका विनाश हो जाता।

वह लौट आया।

मन भारी था।

आज जैसी समस्या कभी समाने नहीं आई थी।

मुगल दरबार में यह सब भला कौन पूछता था?

वहां बिहारी अंतरंग तो नहीं था।

सुशीला ने देखा।

बिहारी ने पगड़ी उतार कर धरी। हाल को जोड़कर ऊपर उठाया और अंगड़ाई ली। शरीर में से थकन को वह अब निकाल देना चाहता था। अनंतकुंवरि चौहानी की बातें कानों में बार-बार आकर सीसे-सी पिघल उठती थीं। राजा हिन्दू है। क्या इसे नष्ट होना चाहिए? बिहारी, तू क्या सोच रहा है? तू मुगलाश्रित है।

''क्या सोच रहे हो?'' सुशीला ने पूछा।

वह नहीं बोला।

''मैं जानती हूं।''

उसने मुड़कर देखा।

सुशीला ने कहा, ''आज कोई गम्भीर बात है।''

वह चुप रहा

सुशीला ने फिर कहा, ''ऐसी ही कोई तुम्हारी वेश्याओं-सम्बन्धी होती तो मैं नहीं पूछती। नायिका भेद कविता है! मैं कहती हूं कि तुम भक्ति की कविता क्यों नहीं लिखते? उसमें तुम्हारा मन शांत होगा।'' सुशीला ने बात को उठाकर कहा, 'बताओ न मुझे।''

''अनंतकुंवरि चौहानी ने बुलाया था।''

''महारानी ने!''

बिहारी कहने लगा, ''हां, वे चिंता में हैं।''

''क्यों?''

बिहारी ने बताया।

सुशीला हंसी।

''हंसी क्यों?''

हंसती थी कि स्त्री का भाग्य! भिखारिन से रानी तक एक ही रोना है। और यह कविता जब से बढ़ी तब से तो बात ही क्या?

''तुम्हें पसन्द नहीं?''

सुशीला ने व्यंग्य से कहा, ''तुम्हें है।''

''सब यही करते हैं।''

''कुछ ऐसे भी हैं जो परे हैं।''

''उन पर परिवार का बोझ नहीं।''

''ठीक है। बोझ स्त्री है और स्त्री का बोझ काटने का कवि के पास और कोई तरीका नहीं।''

बिहारी ने कहा, ''मैं मजबूर था सुशील, मेरे पास और कोई मार्ग नहीं था, किस के पास नहीं है। किन्तु एक बात और है।''

''क्या?''

''इन सबसे ऊपर है काव्य, सौन्दर्य, जो स्थायी है।''

सुशीला खीझ उठी।

बिहारी ने कहा, ''और सौन्दर्य का आधार केवल सूक्ष्म नहीं होता, स्थूल होता है। उसका निर्वाह करना भी आसान नहीं है। पहले अनजान था। अब तो अनुभव हो गया है।''

''तो फिर चिन्ता क्या है। महारानी से कह दो न! तुम तो परकीया नायिकाओं के प्रशंसक हो। उनसे कह दो, छोड़े महाराज की चिन्ता। चुपचाप महल में ढूंढ़ लें कोई।''

“वैसा भी महल में असंभव नहीं है। परन्तु मैं स्वकीया का भी प्रशंसक हूं! कुलनारी तो कुलनारी ठहरी।”

“सच कहते हो,” सुशीला ने कहा, “दोष पुरुष को नहीं लगता।”

“यह तो स्मृतियों ने कहा है।”

बिहारी का मन व्यथित हो गया।

“पर अब करोगे क्या?” सुशीला ने बात मोड़ी। अब जीवन का दूसरा पक्ष आरम्भ हुआ, पति और घर की मंगल कामना।

“मैं क्या जानूं?” बिहारी ने कहा।

“भगवान का नाम लो।”

“उन्हीं का सहारा है, यह तो मैं भी जानता हूं।”

‘मैंने कुछ कड़े बोल कह दिए?”

“नहीं।”

“फिर तुम नाराज-से क्यों हो?”

“तुम...”

“क्यों? मैंने क्या कहा?”

“मैं कब कहता हूं कि तुमने कुछ कहा।” बिहारी ने वातायन के बाहर झांकते हुए कहा, “क्या तुम ही सोचती हो यह सब? मैं भी सोचा करता हूं कि क्यों डूबे जाते हैं हम वासना में?”

वह देखती रही।

उसने ही कहा, “पर डूबना पड़ता है। स्त्री डुबाती है।”

“राजा डुबाते हैं।”

“नहीं! प्रजा भी डुबाती है। यह जो लोग गाते हैं, उसमें कम श्रृंगार रहता है। बहु विवाह क्या प्रजा में नहीं?”

सुशीला ने कहा, “यथा राजा तथा प्रजा।”

और बिहारी का मन व्याकुल हो उठा।

बोला, ‘देखो यह न कहो। राजा क्या धर्म के विरुद्ध भी कुछ कर सकता है?”

“नहीं।’

“फिर वहां क्यों ऐसा नहीं कहतीं?”

“राजा अनाचार को रोक सकता है।”

“राजा हिन्दू नहीं हैं। वह धर्म को क्या जाने?”

''सच कहते हो। तो फिर आमेर का उद्धार करो न।''

सुशीला यह कहकर चली गई।

बिहारी का मन खट्टा हो गया। यह स्त्री! इसी के कारण ही उसे संसार में आना पड़ा। अन्यथा क्या वह फंसता?

वह कह उठा :

'या भव पारावार कौं उलंघि पार को जाइ।
तिय छवि छाया ग्राहिनी ग्रसै बीच ही आइ।।[1]

मन ऊपर से नीचे तक पसीने-पसीने हो गया। एक बार को आंखों के आगे अंधेरा-सा छा गया।

फिर वह सचेत हुआ।

क्या करूं?

नवोढ़ा रानी!

अभी से यह विलास।

हठात् याद आया। उसने पढ़ा था प्राकृत दोहा :

'जावण कोसविकासं पावइ ईदसी मालई कलिआ।
मअरन्द पाणलोहिल्ल भमर तावच्चिअ मलेसि।।

बिहारी का रोम-रोम स्फुरित हो गया। अपने आप शब्द बढ़े और मुंह से निकल आए :

'नहिं पराग नहिं मधुर मधु नहिं विकास इहिं काल।
अलीकली ही सौं बंध्यौ आगें कौनु हवाल।।[2]

वह स्फुरित हो गया।

क्या यह ठीक है?

क्या यह राजा को जगा सकेगा?

उसने लिखा वह दोहा।

---

1. इस संसार रूपी पारावार को पार करके कौन व्यक्ति उसे दूसरे तट पर अर्थात् मुक्ति पर ले जा सकता है। इस किनारे पर स्त्री की छवि है जो पुरुष की छाया देखकर उसे बीच में ही ग्रस लेती है जैसे सुरसा राक्षसी किया करती थी।

2. न तो अभी इसमें पराग आया है, और न मधुरता। न अभी इसके प्रस्फुटित होने का ही समय आया है। अरे भ्रमर! अभी तो यह एक कली है। जब यह आगे चलकर एक फूल बन जाएगी, तब न जाने तुम्हारा क्या हाल होगा?

पुकारा, ''सुशील!''

वह आई।

''सुनो।'' उसने कहा, और दोहा सुनाया।

वह सुनकर बोली, ''फिर?''

वह खीझ उठा।

उसने कहा, ''कुछ नहीं, राजा समझेंगे।''

वह नहीं समझी।

वह उठ खड़ा हुआ और उसने कहा, ''अभी जाता हूं।''

''इस समय तो महाराज सो रहे होंगे।''

''तो! मैं उन्हें जगवाऊंगा।''

''मैं कहती हूं, तुम खतरा मोल क्यों लेते हो?''

वह हंसा, ''गरजती भी हो, डरती भी हो। तुम नहीं जानती सुशील मैं क्या हूं।''

''क्या हो?''

''कवि हूं। राजाओं से ऊपर, पर तुम हो न। परिवार के कारण मुझे झुकना पड़ता है।''

ड्यौढ़ी पर दरबान ने कहा, ''महाराज से मिलना चाहते हैं?''

''हां।''

''असंभव।''

''तो भीतर पहुंचा दो यह कागज।''

''इसमें क्या है?''

''देख लो।''

''दोहा है।''

''हां।''

चोबदार चला गया।

बिहारी सोचने लगा।

सुशीला ने क्या सोचा होगा। नहीं, वह सब उससे नहीं कहना चाहिए था। किन्तु यह क्या हुआ। वाल्मीकि की समस्या। जिनके लिए वह मारता था, वे उसके पाप के भागी नहीं थे। फिर वाल्मीकि यदि संसार छोड़ गया तो उसने क्या बुरा किया।

उस समय महाराज जयसिंह अपनी नई रानी के साथ थे।

चोबदार की हिम्मत नहीं पड़ी।

लौट आया।

बिहारी ने कहा, ''दे आए?''

''नहीं, महाराज शायद सोए हैं।''

दूसरा चोबदार खड़ा था। उसने बढ़कर कागज ले लिया। वह महारानी के संग आया था। बोला, ''मैं ले जाता हूं।''

वह चला।

''कौन है?'' आवाज आई।

''अन्नदाता!''

''कौन है?'' स्वर तीखा था।

''महाराज के सामने विनती है।''

''फिर आना।''

''अन्नदाता! मुझे नहीं कहना। भेजा गया हूं।''

भीतर फिर कुछ बातें हुई।

चोबदार ने सुनने की चेष्टा भी की, किन्तु वह सुनाई नहीं दिया। किसी स्त्री की चूड़ियां बज गई।

'जाओ, फिर आनां''

''कविराइ दर्शन करना चाहते हैं। वे कविता सुनाने आए हैं। महाराज का दर्शन करने का हठ ठान चुके हैं।''

चोबदार अपनी स्वामिभक्ति के लिए अड़ रहा था। उन दिनों यही धर्म था।

''दक्षिणा दिला दो,'' भीतर से स्वर सुनाई दिया।

चोबदार ने कहा, ''हुक्म ऐसा नहीं हो सकता।''

''कौन है तू, बक-बक किए जाता है।'' भीतर से रुष्ट स्वर सुनाई दिया।

''महाराज, जान की भीख दीजिए लेकिन कहने को मजबूर हूं। कविराइ यहां के नहीं, वे दिल्ली से आए हैं।'

भीतर महाराज जयसिंह के कानों पर अब शायद जूं रेंगी।

स्वर आया, 'पूछकर आओ कि कौन आए हैं? कहां ठहराए गए हैं?''

''कविराइ बिहारीलाल हैं।''

जयसिंह चौंके।

''कौन? बिहारीलाल!''

''यहां?''

''कैसे आया?''

चोबदार ने कहा, ''कहा है दर्शन न दे सकें तो इतनी कृपा करें कि यह दोहा पढ़ लें। मैंने समझाया था पर वे बोले—एक बार पढ़ लें तब जाऊंगा। यों ही महाराज ब्राह्मण का हठ है। बोले—पढ़वा लाओ। तभी मैं दान लूं। यह दोहा रहा महाराज। आज्ञा हो तो पेश करूं। संग लाया हूं।''

नई रानी की भौंहें सिकुड़ गईं। महाराज की ओर ऊबकर देखा।

महाराज मुस्कराए।

खबासिन से कहा, ''ले लो।''

द्वार तनिक खुला।

दोहा भीतर गया।

''तू पढ़।''

''महाराज, मैं क्या जानू?'' खबासिन हंसी।

'रानी पढ़ें।''

''नहीं महाराज।''

महाराज ने पढ़ा।

एक बार।

फिर वे चौंक उठे।

एक चमत्कार!

कैसी विलक्षण-सी उक्ति! और तब अपनी रानी की ओर देखा।

एकाएक मस्तिष्क में कौंध-सी व्याप गई।

दिल्ली और आगरे का भेदिया है।

बोले, ''कहो, मैं मिलूंगा।''

''अन्नदाता की जय!'' चोबदार ने कहा, ''आज्ञा हो तो मैं खबर दे दूं।''

''दे दो। दरबार में आता हूं।''

दरबार!

रानी चौंक उठी।

खबासिन मुंह मोड़कर मुस्कराई।

महाराज ने कहा, 'कहो, अभी कविराइ यहीं मिलें।''

खबासिन चली गई। उसने दूसरे एक सेवक को आज्ञा सुना दी। उसे भी सुनकर आश्चर्य हुआ।

तब खबासिन ने नखरे से कहा, ''जाओ! खबर दो।''

महाराज बाहर आ गए। आमेर में सनसनी मच गई।

'महाराज बाहर आ गए!!'

'कैसे!!''

'बिहारीलाल ने दोहा भेजा था!!'

'अद्भुत!!'

'कवि जो ठहरे!!'

'कवि की वाणी में महान शक्ति होती है!!'

बिहारी ने सिर झुकाकर प्रणाम किया।

महाराज ने कहा, ''क्या करते हैं ब्राह्मण देवता! मेरा अधिकार छीनकर मुझे देवताओं के सामने पाप का भागी न बनाएं।''

चोबदार पीछे हट गए।

अब उन्होंने भी हाथ बांध लिए। अभी तक वे बिना प्रणाम किए खड़े थे।

बिहारी ने कहा, ''जोधपुर से लौट रहा था, दर्शन करने आ गया।''

महाराज ने कहा, ''दिल्ली में, आगरे में सब कुशल तो है?''

वे समझे कि बिहारी यात्रा पर नहीं निकला था। कौन नहीं जानता कि शाहजहां ने उससे खिलअत देकर, एकांत में बातें कीं। यह व्यक्ति अवश्य राज्यों की टोह लेता डोल रहा है।

बिहारी ने कहा, ''शाहंशाह भगवान की दया से सकुशल हैं।''

महाराज ने कहा, ''कल दरबार का आयोजन है।''

इसके बाद बिहारी के निवास-स्थान पर आमेर की भीड़ें टूट पड़ीं। बिहारी का दर्शन करना चाहते थे सब। बड़े-बड़े लोग मिलने वैसे आए। सुशीला देखती रही। चन्द्रकला ने भी सुना। बांके ने मूंछों पर हाथ फेरा।

महारानी ने भेंट भेजी। मामा लाए।

महाराज ने भेंटों का ढेर लगा दिया।

महाराज ने दरबार में बहुत कुछ दिया।

और पूछा, ''कविराइ यहीं रहेंगे?''

''महाराज! आगरा जाऊँ, जो आज्ञा मिले।''

कहा, ''कविराइ अभी कहीं नहीं जाएंगे।''

यों उन्होंने खतरा रोक दिया।

अनन्तकुंवरि की इच्छा पूरी हुई। कविराइ यहीं रहें। वे राज्य के लिए आवश्यक हैं।

‘‘जो हुक्म महाराज!’’ बिहारी ने कहा।

इस तरह कुछ समय निकल गया।

बिहारी ने फिर अर्ज की।

महाराज उस दिन महारानी के महल में थे। उन्होंने वहीं बुलाया।

‘क्यों, जाते हैं?’’

‘‘महाराज की जैसी आज्ञा हो।’’

महरानी ने कहलवाया ‘‘जाने की जरूरत नहीं, ब्राह्मण से गौरव बड़ता है। आप यहीं रहें।’’

‘‘आपको हर दोहे पर,’’ महाराज ने कहा, ‘‘एक-एक अशर्फी भेंट देंगे। आप तो मुक्त और निश्चिन्त होकर काव्य रचें। आपको कोई कष्ट नहीं होगा।’’

‘‘कोई बात हो तो कह दें।’’ फिर महारानी ने कहलवाया, ‘‘उसे छिपाकर न रखें। ब्राह्मणी को कष्ट हो तो बताएं। पुत्र का भी भविष्य यहीं सुरक्षित कर दिया जाएगा।’’

बिहारी ने सिर झुका लिया।

अब फिर वही जीवन हो गया। किन्तु बिहारी अब प्रायः एकांत में रहता।

चन्द्रकला नहीं समझती। बिहारी में वह उत्कट प्यास थी, वह कहां गई।

सुशीला भी समझने की चेष्टा करती। पर कुछ समझ नहीं पाती।

बांके को लगा जैसे मालिक के मन में बहुत बड़ी हलचल थी। जैसे भीतर-ही-भीतर उनमें कोई द्वन्द्व-सा हो रहा था।

कुछ दिन बाद युवराज का जन्म हुआ।

तोपें छूटने लगीं।

स्त्रियों के मंगल गीत गूंजने लगे।

चारों ओर कोलाहल और उन्माद-सा छा गया।

सेना ने सलामी दी।

और कवि बिहारी ने नाम रखा—रामसिंह।

महाराज प्रसन्न हो गए।

महारानी ने बुलवाया।

दक्षिणाएं दीं। और जोराबरसिंह से कहवाया कि बिहारी ने पुत्र दिया सो उसके लिए यहीं रहें और स्वयं शिक्षा दें उसे। ऐसा बना दें, जैसे महाप्रतापी राजा भोज थे।

बिहारी ने उस महत्त्वाकांक्षिणी स्त्री की मन-ही-'मन प्रशंसा की।

घर आया।

महाराज ने फिर शाम को अपने रंगमहल में बुलवा लिया। वहां वेश्याएं थीं। नृत्य-गीत, मदिरा।

बिहारी बह चला।

छवि-दर्शन से उन्मत्तता आ गई। रूप दर्शन रूपी मदिरा का पान भी अत्यन्त विषम और प्रखर हो गया। इससे न तो उन्मत्त व्यक्ति का मन ही टला, न उसे नींद ही आई, और न समय की सीमाएं ही बीत पाईं। वह क्षण-भर के लिए तो छवि-दर्शन से तृप्त होता, परन्तु फिर स्वस्थ नहीं हो पाता।

चन्द्रकला कहती कि वह अकेली थी। किन्तु बिहारी किसी के गाल पर चिपकी हुई एक गुलाब की पंखुड़ी को मन-ही-मन कहता कि इसके कपोल और पाटल की पंखुरी के रंग, गंध तथा सुकुमारता सभी एक-से हैं।

कभी उसकी दृष्टि कुचों की पहाड़ी पर चढ़कर अत्यन्त थकित होकर, मुख की चाह करके उधर ही चल पड़ती, किन्तु बीच में ही वह चिबुक के गड्ढे में जा गिरती और वहां से फिर टल नहीं पाती।

बाहर राज्य की सीमा पर ठग यात्रियों को फांसी लगाकर मार डालते और गड्ढों में डालकर लूट का माल ले जाते, भीतर बिहारी के नेत्र रूपी बटोही नायिका की छवि की चकाचौंध को ही भोर का प्रकाश समझकर मार्ग में अंधेरे में ही चल पड़ते। रूप रूपी ठग उन्हें पकड़कर मधुर हास रूपी फांसी लगाकर मार देते और फिर चिबुक रूपी गड्ढे में ले जाकर डाल देते। पर गड्ढे में पड़कर भी मन कब ठिकाने पर रहता। वह तो रात-दिन उड़ता रहता। जब ढिठौना लगने से मुख सम्पूर्ण चन्द्रमा बन जाते, बिहारी विभोर हो जाता।

लगता जी पर भव्य महल था।

सारे आनन्द यहां पर उपस्थित थे। सारा प्रासाद देखकर आंखें चौंधिया जातीं।

बिहारी से वहीं राज्य के बहुत बड़े-बड़े ठाकुर मिलने आते। ऐसी थी बिहारी की शान।

संगमर्मरी कुण्ड में स्वच्छ जल भरा रहता और बिहारी बैठा देखा करता—
उसमें सुन्दरियां जल-क्रीड़ा किया करतीं।

बिहारी के दोहे बनते गए।

अशर्फी गिरती रहीं।

वैभव अपार होने लगा।

सुशीला फिर जनानखाने में थी। अब उसका निरंजन कृष्ण और बड़ा हो गया था। अत्यन्त सुशील बना दिया था वह पुत्र, क्योंकि सुशीला ने अपने जीवन के सारे अभावों की पूर्ति उसी में कर लेने की चेष्टा की थी।

उधर वासना-भरा चकोर अपलक दृष्टि से नायिका के मुख को देखता रहा—सौन्दर्य की चरम सीमा को देखता हुआ सब कुछ भूल जाता।

2

महाराज जयसिंह अखण्ड पौरुष के प्रतीक थे। उनके पास कई स्त्रियां रहतीं। रनिवास स्त्रियों की फौज का रूप था। महारानी, फिर रानियां, फिर क्रम में उतरते दर्जे की स्त्रियां, यहां तक कि अन्त में बांदियां। रनिवास की स्त्रियां मदिरा पीतीं। मासं खातीं, श्रृंगार करतीं। वासना के प्रसाधन तो करतीं, किन्तु रहतीं प्यासी की प्यासी। महाराज किस-किससे मिलते।

तीन वैद्य सदैव उनके लिए रहते जो उनकी अपार शक्ति को संचित रखने के लिए रत्नों और हीरों को फूंक-फूंककर भस्म बनाया करते। यौवन की सरिता बह रही थी। उसमें सब डूबे थे। इसके अवगुणों को भी कौन पूछता।

राधा और कृष्ण की लीला चारों ओर गूंजती। अलक छवि रूपी छड़ी द्वारा प्रेरित किए गए नेत्र रूपी तुरंग पर चढ़कर मन चंचल हो जाते और अपनी सुध-बुध भूल जाते।

बिहारी फिर डूब गया।

फाग में गुलाल-भरी मुट्ठियों के खुलते ही लोक-लाज और कुलीनता की मर्यादाएं खुल जातीं और चंचल नेत्र और हृदय एक साथ ही गुलाल के रंग में रंग जाता। प्रेम के जल से अभिषिक्त वे अपने-आपको आनन्द में विभोर पाते।

सुन्दरियां कुण्ड में नहातीं। नहाकर श्रृंगार करतीं तो हाथों से केशों को समेटकर भुजाओं को पीठ की ओर मोड़े हुए और शिरस्थ अंचल को पखौरों की ओर डालकर वह किसका मन नहीं हर लेतीं। जूड़े के साथ-साथ मन को भी बांध लेतीं।

सुन्दरियों के शरीर पर आभूषण इसलिए सुशोभित होते मानो दर्शक बिहारी

के नेत्रों की चरण-धूलि को, अंगों पर चलने के पूर्व पोंछने के लिए विधाता ने सोने के पायदाज बना दिए हों।

वह जो सुशीला का पुत्र था, अब बड़ा हो चला था। बिहारी उस ओर से निश्चिन्त था। वह सब प्रबंध सुशीला करती।

महाराज जब बिहारी के दोहे सुनते, तो फड़क उठते। बिहारी का पांडित्य नारी के नखशिख में ढलकर एकाग्र हो गया। नारी! नारी के अंगों का वर्णन सौन्दर्य का विकास बन गया। बाहर की प्रकृति भी अब महलों में आ गई। नारी के शरीर की घुति का सम्पर्क पाकर मोतियों की माला कर्पूर मणि जैसी हो गई। केशर और चंदन के अंगराग फीके पड़ गए।

यों जीवन बीतने लगा। तभी एक दिन महाराज के पास, आगरे होकर, आलमगीर का पत्र आया। उस समय अनन्तकुंवरि चौहानी के दिए काली पहाड़ी नामक ग्राम में बिहारी गया हुआ था। उसे सूचना मिली। तुरंत आ गया।

पता चला कि आलमगीर ने बलख पर आक्रमण करने के लिए महाराज जयसिंह को अधिनायक बनाया था।

महाराज जयसिंह ने सेना को आज्ञा दे दी।

बिहारी से वे उसी कमरे में मिले जिसमें बिहारी का तैलचित्र ढंगा था। यह चित्र रानी अनन्तकुंवरि चौहानी ने तब बनवाया था। जब बिहारी ने महाराज को मोह-निद्रा से जगाया था।

महाराज प्रसन्न थे।

बिहारी ने आमेर में देवी के लिए भैंसा कटने के स्थान के पीछे झांका—पुराने मीणाओं के खंडहर पड़े थे। कब था न जाने उनका राज्य। हजारों साल पहले।

उसने निगाह हटा ली।

देखा, महाराज कुछ सोच रहे थे। उन्होंने कृष्ण को मन-ही-मन प्रणाम किया। महाराज जयसिंह मीराबाई के कृष्ण की उपासना कर लेते थे। उस मंदिर को महाराज मानसिंह ने बनवाया था। वे उस मूर्ति को मेवाड़ से लूट लाए थे।

''आलमगीर शाहज़ादा ने आज्ञा भेजी है महाराज?''

''हां, कविराइ।''

बिहारी ने कहा, ''जिस पराक्रम से आपके पूर्वजों ने जगत् में ख्याति पाई है उसी से फतह हो महाराज।''

''ब्राह्मण कहेगा तो अवश्य होगी।''

'कविराइ ने कहा है फतह होगी'—रानी ने सूचना बाहर भेज दी। सैनिक उत्साहित हुए। जयध्वनि की।

डंके पर चोट पड़ी और सेना पहाड़ से उतरकर चली गई, जैसे इतिहास में सभ्यताएं लुप्त हो जाती हैं।

बलख का युद्ध शाहजहां की महत्त्वाकांक्षा का प्रमाण था। वह उत्तर के भूभाग को जीतना चाहता था। बुखारा के राजवंशीय झगड़ों का वह लाभ उठाना चाहता था। मुराद पहले जीतकर आ चुका था, किन्तु बाद में आलमगीर सूबेदार नियुक्त हुआ था। फिर बगावत हो गई थी।

बिहारी लौट आया। उसके पास समाचार आने लगे।

उजबेकों को दबाना मुगलों के लिए आवश्यक है। वे बड़े बर्बर हैं। वे हिंद पर भी हमला कर सकते हैं।

मुगल अच्छे हैं, जाने-पहचाने। सहिष्णु हैं। धर्म-विरोधी नहीं।

उजबेकों को रोकना आवश्यक है।

यों अनेक प्रकार के विवाद होते और मंदिरों में वैष्णव और शैव—सभी राज्याश्रित महाराज जयसिंह की मंगल-कामना किया करते।

कुछ ही दिन में समाचार आया कि महाराज जीत गए हैं।

महारानी ने कवि को भेंद भेजी।

नगर में, राज्य में उत्साह छा गया।

महाराज पहले दिल्ली गए, फिर आगरे। वहां उनका शाहंशाह ने स्वागत-सत्कार किया। यह खबर जब आई तो घर-घर में कोलाहल मच उठा। मुगल तख्त का सबसे बड़ा पाया उस समय यही जयपुर राज्य था।

आमेर सजाया जाने लगा। महाराज शीशमहल में पधारे। बिहारी ने आशीर्वाद दिया।

दूसरे दिन दरबार लगा।

जय-जयकारों में आकाश फटने लगा। चारों ओर से महावीर योद्धाओं और उनके नेता को आदरपूर्वक देखकर लोग हर्ष मना रहे थे।

बिहारी आगे आया।

वृद्ध राजपुरोहित ने कुंचित दृष्टि से देखा। राज्य के वयोवृद्ध सरदार खड़े रहे। बिहारी ने दोनों हाथ उठाकर महाराज को संस्कृत में आशीर्वाद दिया। चारों ओर नीरवता छा गई।

बिहारी ने सुनाया :

  ''सामां सेन, समान की, सबै साहि कै साथ।

  बाहुबली जयसाहि जू, फते तिहारै हाथ।।

  घर घर तुरुकिनि, हिंदुनी, देति असीस सराहि।

पातिनु रखि चादर चुरी, तैं राखी जयसाहि।।

यों दल काटे बलक तैं, तैं जयसिंह भुवाल।

उदर अधासुर कैं परैं, ज्यों हरि गाई, गुवाल।।

चलत पाइ निगुनी गुनी, धनु मनि-मत्तिय-माल।

भेंट होत जयसाहि सौं, भागु चाहियतु भाल।।

अनी बड़ी उमड़ी लखै, असि बाहक, भट भूप।

मंगलु करि मान्यौ हियैं, भौ मुंह मंगलु रूप।।

रहित न रन, जयसाहि-मुख, लखि लाखन की फौज।

जांचि निराखरऊं चलै, लै लाखनु की मौज।।

प्रतिबिंबित जयसाहि दुति, दीपति दरपन धाम।

सबु जग जीतन कौं कर्‌यौ काम-ब्यूह मनु काम।।'[1]

प्रचण्ड जयघोष हुआ।

यों वर्ष बीत गए।

रामसिंह आगे आया।

अब वह सात वर्ष का हो चुका था! सुकुमार, सलोना और सुन्दर।

कविराइ ने देखा तो मंगल-कुशल पूछा।

---

1. विलास की सामग्री, सेना, बुद्धिमान व्यक्ति आदि तो सभी शाहजहां के साथ हैं, किन्तु उनकी विजय केवल बाहुबली मिर्जा जयशाह के ही हाथों है।

प्रत्येक घर की तुर्क और हिन्दू सुहागिनें आशीर्वाद और प्रशंसा करती हुई कहती हैं, मिर्जा राजा जयसिंह ने हमारी सुहाग की चादर और चूड़ियों की रक्षा करके हमारे पतियों को बचाया है और हमें सुहाग दिया है।'

मिर्जा जयसिंह ने बलख के युद्ध में अपने सैनिकों की रक्षा भी की और विजय भी प्राप्त की। जैसे अघासुर के उदर से हरि ने गाय और गोपों को निकालकर जीवन-दान दिया था।

जयशाह का शौर्य है, कि शत्रु की विशाल वाहिनी को उमड़ता हुआ देखकर तलवार धारण करने वाले वीर सैनिकों एवं सम्राटों में युद्ध करना जयसिंह ने मंगल कार्य समझा और इसलिए वीरता और उत्साह के कारण उसका मुख मंगल नक्षत्र के समान लाल हो उठा।

लाखों की सेना भी जयसिंह को युद्ध भूमि में सामने देख नहीं टिक पाती और निरक्षर व्यक्ति भी याचना करने पर उनके द्वारा लाखों का पुरस्कार पाते हैं।

शीशमहल की दीवारों पर जयशाह का अनेक रूपी प्रतिबिंब पड़ता है तो लगता है कि मानो कामदेव ने संसार-भर की विजय करने को एक काम-ब्यूह की रचना की हो।

बालक मुस्कराया।

महाराज ने कहा, ''कविराइ, यह तुम्हारा शिष्य है।''

बिहारी ने उसका पाटी-पूजन कराया और अक्षर-ज्ञान कराया। उस राजकुमार को शिक्षा देने के लिए दोहों का एक संस्करण कराया जिसमें 500 दोहे थे। इसमें अन्य कवियों की भी रचनाएं संकलित थीं। बालक कुंवर रामसिंह रेखाएं खींच देता और टेढ़े-मेड़े अक्षर लिखता।

बिहारी को काम मिल गया।

बालक रामसिंह को पढ़ाना अच्छा लगा।

अपने पालित पुत्र को बिहारी ने अन्यों से पढ़वाया था। पर अब वह एक आदर्श राजा बनाने की कामना मन-ही-मन छिपाए हुए था। क्योंकि शाहजहां ने किसानों पर नए भार डाल दिए थे। बिहारी सुनता था। अकबर के जमाने में ऊपरी वसूली भले ही कुछ हो, लेकिन वैसे पैदावार का तिहाई भाग लिया जाता था। किन्तु शाहजहां ने उसे बढ़ाकर आधा कर दिया था। किसान और भी निर्धन हो गए। गांव छोड़-छोड़ कर वे भागने लगे। जमीन परती पड़ी रहती।

विलास की बाढ़ रुक गई। बिहारी देखता। विलास के लिए लोग भूखे मर रहे थे। प्राचीन हिन्दू राजा ऐसे कहां थे। जयपुर में ऐसा कहां था किन्तु कहीं कोई सुनवाई नहीं थी। बिहारी का मन विलास से ऊब चला था। आयु भी ढलान पर आ रही थी चन्द्रकला का यौवन भी बुझ चला था। बांके ने यह परिवर्तन देखा और प्रकारान्तर से सुशीला से जा कहा।

सुशीला नहीं समझी।

उधर आलमगीर सम्राट से कहता कि खेती कम होती है, जंगल बढ़ रहे हैं। दक्कन की हालत खराब है। सेना का व्यय बढ़ रहा है। पर शाहंशाह को फुरसत नहीं थी। आलमगीर ने दक्कन का प्रबन्ध स्वयं अपने हाथों में ले लिया। वह मराठों के प्रति सशंक था। मराठों में हिन्दूपन की पुकार आ रही थी। उत्तर में सिक्ख उठ रहे थे।

बिहारी को लग रहा था कि कहीं कुछ होने वाला था। शाहजहां को राज करते तीस वर्ष बीत चुके थे।

जो अनेक वर्ष बीत गए वे प्रजा में दरिद्रता का महाकाव्य लिख गए। अद्वितीय कौशल का प्रतीक आगरे का ताजमहल बन गया था।

सुशीला ने कहा, 'वह रोजा देखने चाहिए।''

बिहारी ने कहा, ''तुम्हें इच्छा हुई।''

''नहीं, तुम्हारे लिए कहती हूं।''

''तुमने कभी कुछ नहीं मांगा।''

''मांगती तो तुम्हें अच्छा नहीं लगता। मुझे मांगना नहीं आता। क्या करूं!''
धीरे से सुशीला ने कहा, ''जो तुम्हारा है सो मेरा है, फिर मांगूं भी तो क्या?''

कितना स्नेह था। तब बिहारी ने स्वकीया के प्रेम के सम्बन्ध में चुभीले
दोहे कहे। सुशीला प्रसन्न हो गई। उसका रूप उसके स्वामी की दृष्टि में आज
भी वही था।

बिहारी ने कहा, ''रोजा देख लेंगे। कहां जाता है।''

सम्वाद आया : शाहंशाह शाहजहां बीमार पड़ गए थे।

'चलोगे?'' सुशीला ने कहा।

''अभी नहीं। अव्यवस्था में जाना खतरे से खाली नहीं होता।''

बांके बूढ़ा हो गया था। दर्पण में बिहारी ने देखा। उसकी भी कनपटियों
के केश श्वेत हो गए थे। तो क्या वह वृद्ध हो चला था? उसने देखा, सचमुच
सुशीला भी बुढ़ा गई थी। निरंजन कृष्ण युवक था। उसके विवाह की चिन्ता आ
गई। सुशीला को यह विचार पसन्द आ गया। उसी वर्ष पुत्र का विवाह कर दिया।
बिहारी इस ओर से निश्चिंत हो गया। सुशीला को बहू मिल गई। बांके अब
भक्त-सा हो गया था। वह न जाने क्या-क्या करता, मगन होकर। बिहारी को
उसके पास निरंजन कृष्ण को देखकर नानिगराम की याद आ गई।

उधर खबर आई कि शाहजहां के चारों पुत्रों में होड़ हो रही थी। दारा,
शुजा, आलमगीर और मुराद चारों ही राजसिंहासन पर बैठना चाहते थे। एक बार
फिर बिहारी ने उथल-पुथल देखी।

तभी भयानक संवाद आने लगे।

महाराज जयशाह ने कहा, ''कविराइ! क्या करना उचित है! दारा ठीक रहेगा
न? वेदान्त का पण्डित है। पता भी न चलेगा कि हिन्दू और तुरक कौन है।
उसने अल्लोपनिषद् बनवाया है।''

बिहारी ने कहा, ''परन्तु श्रीमंत! वह हठी है। आलमगीर है चतुर। और
जब युद्ध है तो चालाक की जय की भी सम्भावना है। आप पक्ष लें तो भीतरी।
प्रकट न करें। दारा हो या आलमगीर, दोनों मुगल हैं। चक्रवर्त्तित्व आमेर का हो

तो युद्ध में कूदें।[1]''

महाराज ने कहा, ''ठीक कहते हैं। अभी देखना ही उचित होगा।''

बिहारी ने कहा, ''महाराज! हमारे हिन्दुओं में तो राम और भरत के-से आदर्श हैं। भाई-भाई से नहीं लड़ता। कलियुग में ऐसा हुआ। महाराज क्षमा करें तो कहूं।''

''कहिए!''

''महाराज! घमण्डी मेवाड़ी हैं। देखिए, हिन्दुत्व के कारण ही शक्ति सिंह फिर महाराणा प्रताप से जा मिले। मुगलों में ऐसा धर्म कहां? हिन्दू हिन्दू हैं। आपने हिन्दुआनी की रक्षा की हे। आपातकाल में सब कुछ हुआ है। आपके वीर पूर्वजों में बुद्धि से काम लेकर हिन्दू को बचाया है। महाराज! मैं ठीक कहता हूं?''

''हां, कविराइ!'' महाराज ने कहा, ''सब समय का फेर है। मेवाड़ का अहंकार ही हिन्दुआनी के विनाश का कारण है।''

बिहारी का मन व्याकुल हो उठा। उसने अपने भाव को प्रकट नहीं होने दिया।

कहा, ''महाराज़ आप समय देखें। आपके पूर्वजों से मिलकर ही अकबरशाह ने मुगल राज्य को दृढ़ बनाया था। आपके बिना आज भी मुगल राज्य नहीं चलेगा। जो कुछ है, आप ही पर निर्भर है।''

''मैं हिन्दुत्व का नाश नहीं होने दूंगा कविराइ। जिस दिन मुगल दरबार जयपुर की उपेक्षा करेगा, वह अपने पैरों में अपने-आप कुल्हाड़ी मार लेगा।''

बिहारी ने कहा, 'महाराज! अकबर शाह चतुर था। उसने समझ लिया था। कि तुरक और हिन्दू का भेद उसने मिटा दिया था। उसी का प्रभाव आज तक रहा है। किन्तु अन्नदाता! अपराध क्षमा हो, शाहंशाह शाहजहां का मन इधर हिन्दुओं के प्रति साफ नहीं रहा।''

---

1. औरंगजेब के मरते ही जयपुर राज्य की यह आग भड़की थी। जयसिंह तृतीय ने मुगल विध्वंस के लिए छिपकर यज्ञ करवाया था। परन्तु जब पंडितों ने उससे अश्वमेध का घोड़ा छोड़ने को कहा तो वह घबरा गया और यज्ञ समाप्त हो गया। जब औरंगजेब ने शिवाजी के संबंध में जयसिंह की बात की उपेक्षा और जजिया लगाने पर जयसिंह के विरोधात्मक पत्र की भी उपेक्षा कर दी, जयपुर राज्य मन-ही-मन मुगलों के विरुद्ध हो गया। परन्तु वीरता के अभाव और अपने को बचाए रखने की चालाकी के कारण जयपुर प्रकट रूप से दिल्ली राज्य से नहीं लड़ा। अतः इतिहासकारों ने भी इस घटना का विवरण नहीं दिया है किन्तु यह सत्य है। मैंने प्रमाण देखे हैं।

महाराज ने कहा, ''मैं देख रहा हूं कविराइ, परन्तु बलख के युद्ध ने बताया है कि इन म्लेच्छों की भीड़ फिर भी हिन्दुस्तान पर हमला करने की हौंस रखती है। मुगल जाने-पहचाने हैं।''

बिहारी ने कहा, ''अकबर शाह की नींव पड़ी रहे तो ठीक है। परन्तु महाराज वह कैसा आदर्श था कि भेद नहीं थे। यह भेद फिर क्यों उठ रहे हैं? आलमगीर शाहज़ादा क्योंकर कट्टर मुल्लाओं की ओर हो गया!''

महाराज सोचने लगे।

बिहारी सोच रहा था।

आखिर यह जीवन था क्या? युद्ध, हत्या, लोभ, घृणा, और यह सब किसलिए? वैभव के लिए। कितने दिन का है यह जीवन जो मनुष्य यह सब करे?

वह बूढ़ा हो गया था। वासना जवाब दे रही थी। अब मन में बहुत ही सात्त्विक भाव आने लगे थे और साथ में आता था प्रायश्चित्त।

'प्रजा दरिद्र हो गई है महाराज!'' बिहारी ने कहा, ''आपकी छाया में वह दरिद्रता नहीं।''

''मेरे राज्य में पालन होता है कविराइ। मुगल दरबार के व्यापारी ईरान और तूरान ले जाते हैं सब कुछ। और इस तरह वहां का कलावन्त और वाजीगर भूखा रहता है। हम उन्हें वृत्ति देते हैं।''

''तो महाराज आज्ञा हो।''

महाराज ने कहा, ''अपने तक रखना सब बात!''

''शिरोधार्य!''

राजा विलासी तो था किन्तु दूरदर्शी और चतुर भी था। उसके भीतर हिन्दुओं का स्वाभिमान था। अब भी समय नहीं था कि वह अपनी बात प्रकट कर देता। मेवाड़ के प्रति अभी तक उसमें आग सुलग रही थी वह दारा को चाहता था, क्योंकि दाराशिकोह हिन्दुओं का मित्र था। मुल्ला उधर उसे काफिर कहते फिरते थे। वह जो एक शांति इतने दिनों से छा रही थी, इस समय शाहजहां की बीमारी के कारण बन गई थी उत्तराधिकार के लिए एक छीना-झपटी और इसमें उसको लोग विलीन होते देख रहे थे।

एक सपना उजड़ता जा रहा था।

जब घर पहुंचा, बिहारी ने देखा सुशीला पलंग पर पड़ी थी। निरंजन कृष्ण द्वार पर था। बहू बैठी सास के पांवों को सहला रही थी।

बिहारी ने पूछा, ''क्या हुआ?''

बहू ने घूंघट खींच लिया।

''अम्मां बीमार हैं!'' पुत्र ने कहा।

बिहारी ने देखा। सुशीला मुस्कराई।

'हे कृष्ण!'

'क्या कर रहे हो?'

'जो कभी बीमार नहीं पड़ी...'

आशंका से हृदय दहल उठा।

'यह सब मैंने क्या किया?'

'यह किसके पाप का फल था?'

'सुशील!'

''स्वामी! बच्चे यहीं हैं।'

वह सकुचा गया।

''कैसी हो?''

''वेदना बढ़ने लगी है।''

''कैसा दर्द है?'

''बेचैनी बहुत है।''

''निरंजन!''

''दद्दा!''

''वैद्यराज को नहीं बुलाया?''

''बुलाया है।''

बाहर से बांके ने आकर सूचना दी, ''वैद्यराज आ गए।''

उन्होंने नब्ज देखी। सब कुछ कहा-पूछा और बाहर चले गए।

बिहारी ने कहा, ''ठीक है न?''

'सब ठीक है,'' वैद्यराज ने कहा,''भगवान के दरबार में क्या ठीक है, क्या ठीक नहीं है, कौन जानता है!''

बिहारी को झटका लगा!

सुशीला! वह भी!''

आज उसे आश्चर्य हुआ, क्या सुशीला उसे इतनी अधिक प्यारी थी! कितना जीवन बिताया था उसके साथ!

''मन को धीर दीजिए।'' वैद्य ने चलते हुए कहा।

‘संध्या को भी आइएगा।’’

‘‘जो आज्ञा।’’ वैद्य चला गया।

बिहारी बैठा रहा बाहर। भीतर बहू को कष्ट होता। वही सब काम कर रही थी।

निरंजन कृष्ण की आंखों में पानी-सा भर आता था बार-बार। उससे मां का दुख भी नहीं देखा जाता था।

सांझ-छाया घिर आई। मंदिरों के घंटे बज उठे और फिर झालरें भी बजकर मौन हो गईं।

वैद्यराज आए। फिर देखा। पूछा, ‘‘कब से सोई हैं?’’

‘‘अभी घंटा हुआ होगा।’’ धीरे से निरंजन ने कहा।

‘‘सोने दो। यह औषधि देना।’’

उन्होंने एक शीशी, छोटी-सी निकालकर दी।

बिहारी द्वार पर दीखा।

वैद्य ने देखा। प्रणाम किया।

वैद्य बाहर आया। मुस्कराया। बिहारी की जान में जान आई। कहा, ‘‘सब ठीक है न?’’

‘‘उन्हें अब किसकी कमी है।’’ वैद्य ने कहा।

बिहारी ने कहा, ‘‘औरों को भी बुलवा लीजिए।’’

बिहारी साथ में उठ आया बाहर। वैद्यों में जो दोष होता है वह इन वैद्य महाराज में भी था। दूसरे वैद्य को बुलवाने का नाम सुनकर माथे में बल पड़े। किन्तु ध्यान आया कि वे किससे बातें कर रहे थे। तुरन्त बदलकर बोले, ‘‘बुलवा लीजिए। सोने में सुहागा।’’

वैद्य लोग आने लगे। देखते और बाहर जा बैठते। परस्पर विचार करते, किन्तु इलाज करने वालों में एकमत होना कठिन ही होता है। अन्त में उन्हें एक निर्णय करना पड़ा। औषधियों के नाम तय हुए। पूरी दक्षिणा प्राप्त करके वे चले गए।

बिहारी अकेला रह गया। यह सब वह क्या देख रहा था। क्यों व्याकुल है उसका हृदय। क्या उसने पुत्र को गोद नहीं लिया। मन में कहा, ‘‘तेरा पुत्र! कब हुआ? तूने कब उस पर मन लुटाया? मां का सहारा है, मां जाने। उसने क्या किया?’’

उसे लगा सब सूना-सूना था।

बिना सुशीला के तो वह एक भी दिन जीवित नहीं रहा। अब क्या यह चली जाएगी? तब कैसा लगेगा बिहारी को! क्या वह रह सकेगा उसके बिना? सुशीला ने उसको कभी जीवन में कष्ट नहीं होने दिया। किन्तु बिहारी! उसने अपने जीवन में किया क्या था सुशीला के लिए? कुछ नहीं। केवल अपने को उसका पालनकर्ता समझता रहा। किन्तु कैसी थी यह स्त्री जो सब कुछ चुपचाप सहती रही। इतनी बड़ी ममता कहां मिलेगी बिहारी को!

हे भगवान यह क्या हुआ! क्या हो रहा है यह सब!

बिहारी कातर हो गया।

किन्तु बिहारी का सोचा ठीक बैठा। जसवन्तसिंह और जयसिंह दोनों को ही इस हलचल में भाग लेना पड़ा। पिता का चुना पुत्र शासक था और उसकी आज्ञा इन्हें माननी ही पड़ी। वह चुना पुत्र शाहजहां का प्यारा बेटा दारा था। तभी सम्वाद आया, शाहजहां कैदी था। उसने दारा को जो अपना उत्तराधिकारी चुना था, यही उसका फल मिला था उसको। शुजा और मुराद ने अपने-आप ताज पहन लिए। आलमगीर चालाक था। उसने शुजा और मुराद से मेल कर लिया और तीनों अपने प्रान्तों से सेनाएं लेकर राजधानी की ओर बढ़ चले। उज्जैन के पास दीपालपुर में आलमगीर और मुराद की सेनाएं मिल गईं। दारा ने जयसिंह को शुजा का सामना करने और जसवन्तसिंह को मुराद और आलमगीर को रोकने के लिए भेजा। जयसिंह ने शुजा को बनारस के पास हराया। किन्तु जसवन्तसिंह को कुछ अधिकारियों के धोखा दे जाने कारण भागना पड़ा। आलमगीर चम्बल पार के सामूगढ़ आ गया। दारा ने उसे रोका। परन्तु एक सेनापति आलमगीर से जा मिला। उसने छल किया। दारा को युद्ध का भी अभ्यास कम ही था। दारा पूरी तरह हारकर दिल्ली भागा। आलमगीर आगरे में घुसा और उसने शाहजहां को कैद करके शासन अपने हाथ में ले लिया। उसने एक-एक करके सब भाइयों को मार डाला। और फिर एक दिन सारी शक्ति को अपने अधीन करके बादशाह औरंगजेब के नाम से आलमगीर मुगल सिंहासन पर आसीन हो गया। उसने राजाओं से फिर से नए सम्बन्ध स्थापित कर लिए। उसने जयपुर और जोधपुर-नरेशों को दण्ड नहीं दिया। उनसे मेल कर लिया। परन्तु मन में खटक रख ली। मुल्लाओं का जोर बढ़ गया।

शाह जयसिंह चुपचाप आमेर में आ बैठे और चौकन्ने होकर समय व्यतीत

करने लगे। उनके मन में सन्देह था। किन्तु औरंगजेब के शाहंशाह होते ही उन्होंने सिर झुका लिया।

बिहारी का मन अब बाहर नहीं लगता था। वह सुशीला के पास बैठा रहता।

रात हो जाती। वह बैठा ही रहता।

बहू आ जाती।

वह बाहर आ जाता।

नींद नहीं आती।

बांके कहता, ''सोइए मालिक! आधी बीत गई।''

''नहीं बांके।'' बिहारी कहता, ''आधी जब बीत रही थी, तब किसे ध्यान था, अब तो तीन-चौथाई से भी अधिक बीत गई।''

''छिः मालिक! क्या कहते हैं!''

बिहारी हंसता।

बांके चौंक उठता।

मालिक को क्या हो रहा था! यह रूप तो उसने पहले नहीं देखा था।

3

रात हो गई थी।

बहारी सिरहाने बैठा था। दीपकों का उजाला धीमा-धीमा-सा फैल रहा था। चन्द्रकला अपने कक्ष में भजन करती रहती। उसका जी अब किसी बात में नहीं लगता। बिहारी से मिले उसे महीनों बीत गए थे। यह दिन काट रही थी। आयु भी कैसे-कैसे चमत्कार रखती है।

''सुशील!'' बिहारी ने कहा।

बहुत दिनों बाद वही सम्बोध।

उसने आंखें खोलीं।

''कैसी तबीयत है।''

वह नहीं बोली।

''सो रही हो?''

''नहीं।''

''जी कैसा है?''

सुशीला के नेत्रों में आंसू से आ गए।

''रोती क्यों हो?''

''रोती नहीं!'' उसने धीमे से कहा, ''अपने सुहाग का घमण्ड करती हूं कि अब जब कि मैं जा रही हूं तुम मेरे पास हो।''

''मैं क्या कभी दूर था?''

''तुम मेरे हृदय में थे।''

''तुम मुझसे रूठ गई हो! मैं तो तुम्हारा हूं।''

''तुम सदा मेरे थे, मैं जानती थी। तुम वैभव में फिर गए थे। जो सब करते हैं तुमने भी किया। वैभव में सब यही करते हैं। तुम पुरुष हो। तुम्हें दोष किसका!''

'तुम मुझे क्षमा कर दो सुशील।''

''नहीं, स्वामी! मैं क्षमा करूं? नरक जाऊं? नहीं! मैं तुम्हारी प्रतीक्षा करूंगी, तुम चिरजीवी रहो। मेरा-तुम्हारा साथ जन्म-जन्म का है।''

बिहारी ने कहा, ''मैं भूल गया था। तुम नहीं भूलीं।''

''स्त्री कभी भूलती है?''

निरंजन कृष्ण ने आकर पुकारा, ''अम्मां!''

बिहारी का मन भर आया! उसके स्वर में कितनी ममता थी।

सुशीला के मुख पर अपार तृप्ति फैल गई।

बिहारी देखता रहा। निरंजन ने सुशीला का हाथ अपने हाथ में ले लिया, जैसे वह उसे छोड़ना नहीं चाहता था।

इसी समय चोबदार ने सूचना दी, ''कविराइ को महाराज ने याद किया है।''

बांके ने कहा, ''कहता हूं।''

भीतर आया। दृश्य देखा तो सहम गया।

''क्या बात है बांके?'' बिहारी ने कहा।

''चोबदार महल से आया है।''

''क्या कहता है?''

''इसी समय महाराज ने महल में याद किया है।''

''इस समय!''

''हां, मालिक!''

''कह दो, मैं नहीं जा सकता।''

बांके ने कहा, ''मैं यही कहना चाहता था, पर पहले पूछना जरूरी समझा।''

सुशीला ने अचानक आंखें खोल दीं।

कहा, ''कौन है?''

''कोई नहीं,'' बिहारी ने कहा।

'बांके!''

''हां, मालकिन!''

''कौन आया है?''

बांके सकपका गया।

बिहारी ने कहा, ''महल से चोबदार आया है। तुम आराम करो।''

''क्यों आया है?''

''महाराज ने बुलाया है।''

''तो जाओ न?''

''लेकिन तुम!'' बिहारी ने अनुनय किया। उसके स्वर में एक क्षमा-याचना भरी बेबसी थी।

''नहीं, हो जाओ,'' सुशीला ने कहा, ''निरंजन का भविष्य देखना है।''

बांके खड़ा रहा।

बिहारी ने कहा, ''कह दे मैं आता हूं।''

''पालकी तैयार कराऊं?'' बांके ने कहा।

''नहीं, घोड़ा कसवा दे। साईस तैयार रहे। पालकी में आने-जाने में देर लगेगी।''

बिहारी चला गया।

''निरंजन!'' सुशीला ने कहा।

निरंजन ने उसके दोनों हाथों में अपना मुंह छिपा लिया। बहू ने घूंघट ऊंचा कर दिया।

जयसिंह अपनी एक नई रानी को लिए रंगमहल में पी रहे थे। राजनीति का संकट सदैव राजपूत को दुस्साहसिक बना देता था। एक हाथ में तलवार एक में नारी—यही उसका जीवन हो जाता था उस क्षण। पता नहीं कल क्या हो।

महाराज मिले। तपाक से कहा, ''आ गए कविराइ! देखो यह आभूषण हैं। नाक का यह है। यह है कान का।''

बिहारी का मन खट्टा हो गया। सुशीला मृत्युशय्या पर पड़ी थी। बिहारी ने कहा :

"अजौ तरयौना ही रह्यौ, सुति सेवत इक रंग।
नाकु बासि बेसरि लह्यो बसि मुकतनु के संग।"[1]

महाराज चौंक उठे।

"अपनी कहता हूं महाराज!"

"क्यों! इतने दुखी हो?" उनके माथे के रेखाएं सिकुड़ गई थीं।

बिहारी ने कहा, "महाराज, निरंजन की मां का अन्त समय है।"

महाराज हिल उठे।

"फिर भी आप आ गए?"

"आज्ञा थी न महाराज?"

"कौन गया था बुलाने?" महाराज ने सहसा गरजकर कहा। मुड़े और बोल उठे, "अरे! फिर तुम क्यों आ गए। तुरन्त लौट जाओ! ब्राह्मणी अकेली होगी।"

नौकर-चाकर महाराज का स्वर सुनकर भागे आए।

"कौन गया था कविराइ को बुलाने?"

"चौबदार करनसिंह।"

"उसे बन्द कर दो," महाराज ने कहा।

बिहारी ने कोई ध्यान नहीं दिया। वह लौट पड़ा। एक बार फिर उसने सिल्ला देवी को प्रणाम करके मन-ही-मन प्रार्थना की। जब वह घोड़े पर चढ़ा तब कोई छींका। मन टूक-टूक हो गया। उसने भगवान का नाम दुहराया। सोचा, छींक तो पराए घर जाने में वर्जित है। वह तो अपने ही घर की ओर जा रहा था।

बिहारी जल्दी-जल्दी लौटा।

ड्यौढ़ी पर घोड़ा छोड़ दिया। संग भागा-भागा आया था साहस। पसीने से लथपथ था।

उस समय आकाश में तारे खूब छिटक आए थे।

द्वार पर बांके रो रहा था।

---

1. अब तक तुमने श्रुति (कान या वेद) का ही अध्ययन किया है अतः तरयौना (कान का आभूषण = या तरे नहीं) बने रहे। मुक्ताओं (मोतियों = मुक्तों) के साथ रहकर बेसर (जैसा तुच्छ नाक का आभूषण) (नाकवास = स्वर्गवास) प्राप्त कर गया। अलंकार, श्लेषरूपक और व्यतिरेक हैं। विवेचकों का मत है कि इस दोहे में सगुणो-पासक ने किसी वैदिक भक्त के ऊपर व्यंग्य किया। किन्तु मुझे यह नहीं लगता। यह बिहारी ने अपने दैनिक जीवन पर व्यंग्य किया है कि उसने अच्छी सुहबत नहीं पाई। बिहारी ने आत्म-निंदा के और भी दोहे लिखे हैं।

बिहारी के पांव ठिठक गए। क्या उसे देर हो गई थी?

वह यह क्या देख रहा था!

धीरे से पुकारा, ''बांके!''

उसने आंसू-भरी आंखें उठाईं।

बिहारी ने देखा और कहा, ''क्यों?''

उसने हाथ से इशारा किया।

बिहारी भीतर चला गया।

अभी आंखें खुलीं थीं। वह स्तब्ध थी। केवल सांस उल्टी खिंच रही थी। धरती पर लेटी थी सुशीला।

''वैद्यराज को बुलाओ।'' वह चिल्लाया।

किन्तु निरंजन ने इशारा कर दिया। उसके हाथ में गंगाजल था। सारे नौकर-नौकरानियां वहीं खड़े थे। सबके मुख मलिन थे। पुरानी दासी अब पांवों के पास बैठी रो रही थी।

निरंजन कृष्ण ने कान के पास मुंह ले जाकर कुछ मंत्र-सा कहा। पंडित गीता के श्लोक पढ़ने लगे।

सब प्रबन्ध इसी बीच हो गया था। बिहारी की चेतना जैसे डांवाडोल थी। वह कुछ समझ रहा था, कुछ नहीं।

बांदियां बड़ी जोर से रोईं। बहू धाड़ें मारकर रो उठी। निरंजन चिल्लाया, ''अम्मां ऽ ऽ ऽ ऽ...''

स्वर जैसे फैलता चला गया। अन्तिम पुकार थी।

सुशीला की सांस रुकी, फिर रुकी, फिर रुक गई और होंठों पर एक पुण्यमयी मुस्कान फैल गई। वह मानो जीत गई थी।

बिहारी ने हाथों से आंखें ढक लीं।

पण्डित पढ़ते रहे—

''नैनं छिंदन्ति शास्त्राणि,

नैनं दहति पावकः।''

किन्तु बिहारी जैसे सुन रहा था। सब कुछ उसे बहता-सा दीख रहा था, सब कुछ दूर-दूर से सुनाई दे रहा था।

प्रातःकाल भीड़ें इकट्ठी होने लगीं।

राज्य के बड़े-बड़े पदाधिकारी, राव, उमराव, वैश्य और पंडित आ गए। बिहारी स्तब्ध धरती पर बैठा रहा। वे औपचारिक भाषा में अनेक बातें कहते रहे।

निरंजन एक ओर चुप था। घर में रुदन उठता था।

स्वयं महाराज पधारे।

बांके ने कहा, ''महाराज आए हैं! पधारे हैं।''

बिहारी ने सूनी आंखों से देखा। महाराज भी धरती पर बैठ गए।

चिता जली और बुझ गई। एक इतिहास का अन्त हो गया। फिर राख समेटकर जगह धो दी गई। धरती का कोई चिह्न बाकी न रहा क्योंकि अस्थियां गंगा के विराट् प्रवाह में डालने भेज दी गईं। किन्तु सुशीला नहीं गई। वह बाप और बेटे के मन में जी उठी।

फिर बिहारी बाहर नहीं निकला। पुत्र ने सिर मुंडाया और लोग फिर आने लगे। अब बिहारी को सब में एक सूनापन-सा लगता। पहले वह मुड़कर घर की ओर नहीं देखता था।

किन्तु उसने देखा कि बहू ने सब संभाल लिया था। निरंजन ने बाहर का सब प्रबन्ध कर लिया। रिश्तेदारों को पत्र भेज दिए गए। और फिर माटी के बाद आत्मा के प्रबन्ध का प्रश्न सामने आया। उसमें भी पंडित लगे।

क्रियाकर्म पूरे हुए। हजारों ने पुए खाए और मरने वाली को आशीर्वाद दिया क्योंकि उसने उनके मन को तृप्त कर दिया था।

कोलाहल शांत हो गया। सब कुछ फिर ढर्रे पर आ गया। चन्द्रकला बनारस चली गई। गंगा तीर पर रहने के लिए। घर में अब पुरानों में बांके था।

जब मन ऊब जाता तब मंदिर में जाकर दर्शन करता और कई घंटों तक बिहारी चुप बैठा रहता। फिर बांके याद दिलाता, तब उठता।

जब कभी महाराज बुलाते तो बिहारी महलों में चला जाता, परन्तु अब बिहारी के दोहों में वेदना की पीड़ा था। उसमें अपने जीवन के प्रति एक प्रायश्चित्त की भावना थी।

देश की परिस्थिति बदल रही थी। अकबर के साथ जो शुरू हुआ, वह अब नहीं रहा। औरंगजेब की नीति दूसरी थी। उसने चुन-चुनकर अपने शत्रुओं को मार डाला। साम्राज्य में घोर विलासिता थी। अपव्यय था। करों के बोझ से मालगुजारी बढ़ी और खेती नष्ट हो रही थी। किसान खेतों को छोड़कर देहात से शहरों में भागे आ रहे थे, क्योंकि राज्य सारी फसल छीन लेता था। सड़कों और घाटों के महसूलों में व्यापार में अटकाव आ रहा था। एक ओर राज्य की

चुंगियां थी, दूसरी ओर जमींदारों की। सैनिक मुफ्त का माल उड़ाते थे। वे युद्ध में जाते तो ऐय्याशी का आडम्बर साथ चलता। जागीरों में रियाया पिसी पड़ी थी। चारों ओर उपद्रव सिर उठा रहे थे। बिहारी सुनता।

असंतुष्ट सरदार और कबीले सिर उठाने लगे थे। औरंगजेब अलाउद्दीन को अपने सामने आदर्श बनाकर रखता था। मुल्ला कहते थे कि अकबर की नीति का फल था। हिन्दू किसी भी भांति विश्वसनीय नहीं थे।

क्या था यह जीवन! बिहारी सोचता।

औरंगजेब हिन्दुओं के विरुद्ध था। वह साम्राज्य में उत्पात का कारण ही हिन्दुओं को समझता था। और रापजूत राजा अभी तक चुप पड़े थे। जाटों के समुदाय गंगा-जमुना के प्रदेश में आ बसे थे। उन्होंने भी उत्पात आरम्भ कर दिया। आगरा प्रान्त में गोकुल नामक जाट नेता प्रचण्ड हो रहा था।

बिहारी सोचता, वह ब्राह्मण कुल में जन्मा। किन्तु उसने किया क्या?

यह तृष्णा उसे कहां लाई?

तीरथ करने से क्या लाभ? मन को भटकाने से क्या? राधा और कृष्ण ही तो अंत्य हैं। उन्हींसे क्यों न प्रेम किया जाए? उनके चरण-चिह्नों से ब्रज के क्रीड़ा-कुंजों के स्थलों पर अनेक प्रयाग के तीर्थ बनते रहते हैं।

यह अधिकार कवि बिहारी को कहां था!

अब वह चाहता था कि उनके मन में विहार करने वाले वे प्रियतम कृष्ण इस प्रकार बसे रहें कि यह देखता रहा। सिर पर किरीट, कटि-प्रदेश में पीताम्बर, हाथ में वेणु और कण्ठ में माला सुशोभित पड़ी रहे और वह उसे देखता-देखता अपने को भूल जाए।

आज तक के इस संसार जीवन में क्या मिला? भला इस वैभव की ज्वालाओं से क्या हुआ? वह केवल जलता रहा।

चाहे कोई करोड़ों रुपए जोड़ ले, या कुछ भी करे, किन्तु असली सम्पत्ति तो भगवान कृष्ण ठहरे। वे ही तो अन्त में मनुष्य की विपत्तियों का नाश करते हैं। वह शाह के साथ था। आज वह बंदीगृह में पड़ा था। यह कैसा भाग्य था! स्वयं ही उसे क्या मिला! कुछ नहीं!

वृद्धावस्था ने कृष्ण के प्रति आसक्ति जगाकर दूसरी आसक्ति को भगा दिया। बिहारी ने जीवन-भर राधा-कृष्ण की रति गाई, किन्तु अब उसमें वही विश्वास नहीं था कि उसे भक्ति कह देता।

किन्तु कृष्ण के प्रति यह तन्मयता बढ़ चली। अनुरागी चित्त की गति वह

स्वयं नहीं समझ पाता था, ज्यों-ज्यों श्याम के रंग में डूबता जाता था वह उज्ज्वल होता जाता था।

आडम्बर व्यर्थ हो गए। जपमाला, छापा, तिलक, किसी से भी काम नहीं चलता। कच्चा मन तो कांच है जो कभी भी टूट सकता है, परन्तु असली ज्ञान होने पर ही तो भ्रम-नाश होता है।

क्या उसका भ्रम दूर हो गया था?

गुरुदेव के शब्द याद आए, 'बिहारी, लोक का कल्याण कर!'

क्या किया उसने!

सरस्वती की सेवा की। क्या यह सब व्यर्थ था?

तभी दक्षिण में मराठा शिवाजी के उत्थान की खबरें आने लगीं।

निरंजन ने कहा, ''दद्दा, यह तो भयानक वीर है।''

''तूने सुना?''

''मुगलों को हिला दिया उसने।''

''कौन कहता है?''

''शिवाजी की गाथाएं कौन नहीं जानता।''

किन्तु जब बिहारी सोचने लब, ध्यान नहीं जमा। औरंगजेब के प्रति उसका हृदय घृणा से भर गया। फिर भगवान में मन लगाया। कहा, ''हे भगवान! मेरे गुण-अवगुण मत देखो। ऐसे तो मेरा उद्धार नहीं होगा। तब फिर कैसे होगा वह? मुझे करुणा दो। वह करूंगा जिससे तुमने पापियों का उद्धार किया था।''

बिहारी का मन भीतर-ही-भीतर डांवाडोल हो गया।

''हे भगवान! मैं हजार बार यही विनती करता हूं कि आप जिस रूप में भी अपने दरबार में ही शरण दें। मैं तो आपके ही चरणों में पड़ा रहने में सुख मानूंगा। जो नित्य प्रति एक होकर रहते हैं, वर्ण और मन को एक कर चुके हैं, वे राधा-कृष्ण युगल ही सौन्दर्य के धाम हैं। दो नेत्र उन्हें देख नहीं सकते।। असंख्यों नेत्र भी उस छवि को नहीं पा सकते।''

यों बिहारी के दिन कटते रहे।

फिर संवाद आया कि जोधपुर के महाराज जसवंतसिंह को औरंगजेब दक्कन भेज रहा था।

निरंजन ने कहा, ''आपने सुना?''

''क्यों भेज रहा है बादशाह?''

''शिवाजी के विरुद्ध।''

''बगावत जो की है।''

''स्वातन्त्र्य का प्रतीक है वह, हिंदुवानी का।''

बिहारी सोचता रहा। फिर कहा, ''जसवंतसिंह जाएंगे? हिन्दू को हिन्दू मारेगा?''

''और वह भी औरंगजेब जैसे कट्टर के लिए। आपने सुना है?''

''क्या?''

''हिन्दुओं पर जजिया लगाना चाहिए—मुल्ला कहने लगे हैं, क्योंकि शाही खर्च पूरे नहीं पड़ते।''

''तो क्या फिर धारा उलटेगी?''

निरंजन चला गया।

बिहारी ने पुकारा, ''बांके!'' कोई नहीं बोला।

फिर उसने पुकारा, ''बांके!''

''हां, मालिक।''

''बांके! यह संसार क्या है, जानता है?''

''मैं क्या जानूं मालिक।''

''तभी तू सुखी है।''

'हां, मालिक!''

''यह सारा संसार कांच जैसा है। है न?''

''ऐं मालिक?''

''एक काम करेगा?''

''हुक्म दें मालिक।''

''जोधपुर जाएगा?''

''आप हुक्म देंगे और मैं न जाऊंगा?''

''तू बूढ़ा हो गया है और मेरे पास तुझसे बढ़कर कोई विश्वास का आदमी नहीं है।'' बांके यह सुनकर पुलक उठा। बिहारी ने एक पत्र देकर कहा, ''तो मेरा यह पत्र ले जाकर महाराज को देना।''

बांके ने सिर झुकाया।

''महाराज से एकांत में कहना बिहारीलाल कविराइ ने भिजवाया है। ध्यान रखना और किसी को पता न चले।''

बांके चला गया।

बिहारी अब दिन-रात मंदिर में रहता। मन में कोई इच्छा नहीं थी। सब

कुछ सूना-सूना-सा लगता था। कभी-कभी सुशीला मुस्काती दिखाई देती और कभी केवल राधा और कृष्ण दिखाई देते। वह उन्हें अनिमेष दृष्टि से देखता रहता।

कई दिन बीत गए।

बांके घोड़े से उतरा।

‘‘क्या हुआ?’’ बिहारी ने कहा।

‘‘राजा का मन फिर गया। बार-बार पढ़ते रहे। भैया दुर्गादास को सुनाया और दोनों रो दिए।’’

जयपुर में किसीको पता नहीं चला। तब बिहारी ने दोहा लिख दिया :

<blockquote>
‘‘स्वारथ सुकृत न स्रम वृथा देखु विहंग विचारि।

वाज पराये पानि पर तू पंछीन न मारि।।’’
</blockquote>

विहंग बाज राजा जसवंतसिंह थे। पंछी हिन्दू राजा। पराया हाथ था औरंगजेब।

सहसा ही विचार-सा कौंधा।

क्या वह जयसाह के पराए हाथों नहीं पड़ा था। क्या वह सुकृत कर रहा था? मन घायल हो गया। वह उठा और चल पड़ा। महल की ड्यौढ़ी पारकर जयसिंह के आगे बिहारी ने सिर झुकाया।

‘‘आओ, पधारो कविराइ।’’

‘‘आज्ञा दें महाराज।’’

‘‘क्यों?’’

‘‘यह लें— मेरी भवबाधा हरो राधा नागरि सोइ।

जा तन की झांई परे स्याम हरि दुति होइ।।’’

बिहारी ने फिर कहा, ‘‘अब मैं जा रहा हूं, महाराज। राधा नागरि की पुकार है। सतसई पूरी हुई।’’

महाराज उठ खड़े हुए। ‘‘क्या कष्ट हुआ कविराइ?’’

‘‘कोई नहीं महाराज।’’

‘‘तो फिर क्यों जाते हैं? किसी ने कुछ कहा है? हम अभी आपके दुख का निवारण करेंगे।’’

‘‘ब्रज मुझे बुला रहा है महाराज! वह सांवला-सलोना बुला रहा है। बुला रही है वह राधिका।’’

महाराज उसकी तन्मयता को देखते रह गए। आज बिहारी कैसा लग रहा था?

''निरंजन कृष्ण आपके पास आपकी शरण में रहे,'' बिहारी ने फिर कहा।

महाराज ने कहा, ''यदुराइ? कविराइ को ले चले।''

बिहारी उतरने लगा। महलों में हल्ला मच गया। खबर बिजली की तरह दौड़ चली। महाकवि वैराग्य लेकर जा रहे हैं। आमेर के जैन साधु भी यह देखने को बाहर आ गए।

एक बार मुड़कर देखा बिहारी ने। सबको हाथ जोड़े।

भागा आया निरंजन कृष्ण। पुकार उठा, ''दद्दा!''

बिहारी हंसा। कहा, ''बहुत पापी हूं बेटा, बहुत पापी हूं। अब जाने दे।''

निरंजन रोने लगा। बिहारी नहीं रुका। उसने सिर झुकाया सब देखते रहे। और वह सब छोड़कर बाहर चला आया।

प्रजाजन देखते रहे। कोई व्यक्ति इतने वैभव को छोड़कर भी जा सकता है। रानियां रो पड़ीं। महाराज देखते रहे।

बिहारी आज मस्त-सा चला रहा था पैदल। बूढ़ा कितना मुक्त था। उसे गोपाल बुला रहे थे।

•••